Tod
an den Stufen

Ein Sedelhofkrimi

Eine Kriminalgeschichte von
Elias und Paul Zaunert

Herausgeber und Satz: Siegfried Späth, Ulm
siegfriedspaeth@t-online.de

© 2017
Herstellung und Verlag:
BoD – Books on Demand Norderstedt.
ISBN: 9783746035093

Morgengrauen 5

Als Guy Lafarge erwachte, hatte er einen pelzigen Geschmack im Mund. Im Dunkeln tastete er nach dem Lichtschalter, knipste das Licht an und sah sich im Raum um. Ein Hotelzimmer im Gasthof "Zur Laugenstange" in Ulm: verschlissener Teppich, altbackene Polstermöbel, ein Flachbildschirm. Er setzte sich im Bett auf und steckte sich eine Zigarette an. Sein Blick fiel auf die halbvolle Flasche Jack Daniels auf dem Tisch. Er massierte seine Schläfen.

Gestern Abend war er angekommen. Sein Chef Ralf Maatmann hatte ihn wegen eines Bauprojekts nach Ulm geschickt. Sedelhöfe. Er hatte nicht alles verstanden, aber er hatte gemerkt, dass Maatmann gereizt war. Seine Firma baute Einkaufszentren in deutschen Innenstädten, aber zuletzt lief das Geschäft schleppend. Eine Firma aus Hannover war billiger und schneller. Das setzte Maatmann unter Druck. Die Sedelhöfe mussten kommen und zwar bald, sonst würde seine Firma in ernste Schwierigkeiten geraten.

Es gab allerdings ein Problem mit den Sedelhöfen, und um das sollte sich jetzt Lafarge kümmern: Silke Grunwald, eine 76-jährige Rentnerin, der ein Grundstück und das darauf gebaute Haus auf dem künftigen Gelände der Sedelhöfe gehörte. Doch sie wollte nicht verkaufen. „Die Hexe macht uns das Projekt noch kaputt", hatte Maatmann zu ihm gesagt. Ohne dieses Grundstück würde Maatmann nicht bauen können oder nur sehr abgespeckt, neue Pläne müssten her und der Gemeinderat erneut abstimmen. Das Projekt würde sich deutlich verzögern. Bis dahin wäre der Maatmann Project CE längst die Luft ausgegangen. Das hatte sein Chef zwar so nicht gesagt, aber Lafarge kannte die Zahlen.

„Lafarge!", hatte Maatmann mit rotem Kopf zu ihm gesagt, „Sie müssen jeden Stein umdrehen, finden Sie was, damit wir die Hexe zum Verkauf bringen. Egal was! Sie fahren morgen nach Ulm!"

Lafarge drückte die Zigarette auf einem Teller auf seinem Nachtkästchen aus. Die Luft war stickig. Er versuchte nachzudenken, doch er war noch benommen vom Alkohol. Sein Kopf hämmerte.

Klar war, dass sein Job auf dem Spiel stand, denn ohne die Maatmann Project CE stünde er auf der Straße, und das musste er um jeden Preis verhindern. Kaum jemand würde ihm noch mal etwas anbieten, er war 54, hatte Schulden, weil er mit der Zockerei nicht aufhören konnte. Er musste Unterhalt für seinen Sohn Pascal zahlen. Und es gab eine

Vorstrafe wegen nicht bezahlter Rechnungen und gepfändeter Gegenstände. Nicht gerade ein Traumbewerber auf eine neue Stelle.

Er musste also etwas finden, womit er Grunwald zum Verkauf zwingen könnte. Dann würden die Sedelhöfe kommen, er könnte seine Schulden abbezahlen und endlich eine Therapie beginnen, um von der Spielsucht loszukommen. Das erste Mal an diesem Tag kam etwas wie Zuversicht in ihm auf. „Jeder hat eine Leiche im Keller", dachte er sich. Er würde bei der Oma schon was finden.

Heute wollte er sich zunächst ihr Haus ansehen und dann schauen, was die alte Frau den Tag über so trieb. In einer Woche würde Maatmann nach Ulm kommen und mit der Stadtspitze das weitere Vorgehen besprechen. Bis dahin müsste er etwas in den Händen halten.

Sein Handy vibrierte. Es war eine SMS von Mona, seiner Ex. „Wo ist das Geld? Wenn du bis morgen nicht zahlst, schalte ich den Anwalt ein." Lafarge seufzte und steckte sich die nächste Zigarette an. Sein Magen war flau. Er sah auf die Uhr. 8:30 Uhr. „Frühstügg hend mer dahanna bis Zehne", hatte der Mann an der Rezeption gesagt. Lafarge war sich nicht sicher, ob er alles verstanden hatte, vermutete jedoch, dass er bis zehn Uhr etwas zu essen bekommen würde.

Langsam schälte er sich aus seiner Decke und schlurfte zum Fenster. Er zog den Vorhang zurück. Fahles Licht fiel in sein Hotelzimmer. Rauchend stand er am Fenster. Vom riesigen Kirchturm, den er am Abend zuvor noch bemerkt hatte, war nichts mehr zu sehen. Zäher Nebel lag über der Stadt.

Lafarge drückte seine Zigarette aus und ging ins Bad. Er blickte in den Spiegel. Seine Augen waren rot, darunter waren deutlich die Tränensäcke zu erkennen. Einzig sein dichtes schwarzes Haar ließ erahnen, dass es bessere Zeiten in seinem Leben gegeben hatte. Er schluckte zwei Aspirin und spritzte sich etwas Wasser ins Gesicht. Dann steckte er zwei Schuhüberzüge aus Polyethylen, Lederhandschuhe und einen Bund mit Dietrichen in seinen grünen Mantel und verließ das Zimmer.

Im Frühstücksraum plärrte das Radio, aus der Küche hörte man Geschirr klappern. Lafarge angelte sich ein Laugengebäck aus dem Brotkorb, nahm sich eine Tasse Kaffee und setzte sich in eine dunkle Ecke. „Schmeckt gar nicht mal so schlecht, dieses Brezelzeug", dachte er sich. Er griff nach der

Zeitung, die auf dem Tisch lag und sah sich den Lokalteil an. Lafarge überflog einen Artikel über einen Überfall in einem Bordell in der Blaubeurer Straße. „Von unserem Polizeireporter Jürgen Raumann" stand darüber. Der Bericht war ziemlicher Humbug, wilde Spekulationen, kaum Fakten.

Einige Seiten weiter stieß er auf einen Artikel über den Schwimm- und Sportverein Ulm 1618. Da war von einer chronischen Geldnot die Rede. Außerdem kam ein gewisser Gerd Riedle zu Wort, der 1. Vorsitzende des Vereins. „Wir müssen jetzt eng beisammen stehen", wurde er zitiert. Der Abstieg der Handballer in die Fünftklassigkeit habe den Verein eben jede Menge Geld gekostet, und auch das Schwimmbad zu erhalten sei nicht ganz billig. Lafarge legte die Zeitung beiseite, stand auf und verließ das Hotel.

So dichten Nebel hatte Lafarge selten gesehen. In Köln, seiner Heimat, war es auch mal diesig. Aber das hier war ohne Vergleich. So war also der November in Ulm. Die Gesichter der Menschen, die an ihm vorbeihuschten, waren ebenso grau wie der Schleier, der über der Stadt lag. Lafarge schüttelte den Kopf und stapfte los Richtung Bahnhof.

10

Als er ankam, verstand er das erste Mal, warum Grunwalds Haus so eine Bedeutung für die Sedelhöfe hatte. In einem Umkreis von einigen hundert Metern war nichts zu sehen außer Bauzäunen, Geröll und ein paar Baggern. Hier und da waren tiefe Löcher im Boden, vermutlich von Kellern oder einer Tiefgarage. Und mittendrin in dieser Brache stand ein einziges Haus. Gelb getüncht, drei Stockwerke mit Giebeldach. Ein schmaler Weg, links und rechts von Bauzaun abgegrenzt, führte zum Haus. Lafarge folgte dem Weg zum Haus und studierte die Klingeln am Eingang. Im ersten und zweiten Stock schien keiner mehr zu wohnen, einzig der Name Grunwald stand auf der Klingel im dritten Stock. Lafarge drückte sanft gegen die Eingangstür. Sie gab nach. Im Treppenhaus roch es muffig. Lafarge warf einen Blick zu den Briefkästen, auch hier war lediglich der Name Grunwald zu lesen.

Plötzlich hörte er, wie sich weiter oben eine Tür öffnete. Rasch duckte er sich hinter den Treppenabgang und wartete. Er hörte ein Stöhnen, das sich langsam die Treppen hinunterbewegte. Dann erschien eine kleine Frau mit Dauerwellen, vom Alter schon ein wenig gebeugt. Lafarge schätzte sie auf etwas zwischen 70 und 80 Jahren. Aus seinem Versteck beobachtete er, wie sie zum zum Briefkasten ging und einen Schlüssel hineinsteckte. Sie nahm einen Brief heraus. „Scho

11

wiedr was von dr Stadt", hörte Lafarge sie brummen. Dann trat sie zur Tür und verschwand im Nebel.

Lafarge straffte sich. Er streifte sich die Handschuhe über, nahm die Dietriche aus der Jacke und eilte die Treppe hinauf. Ein Blick auf das Schloss ließ ihn schmunzeln. So leichtes Spiel hatte er selten gehabt. Lafarge benötigte gerade mal zwei Minuten, um die Tür zu öffnen. Er zog die Polyethylen-Überzüge über seine Stiefel. Dann betrat er die Wohnung. Die Tür ließ er angelehnt. So würde er hören, wenn die Alte zurückkäme. Im Flur fiel sein Blick als erstes auf eine Pinnwand. Physiotherapie über den Dächern Ulms stand darauf. Der Dienstag und der Donnerstag waren eingekreist und 19 Uhr war zu lesen. Lafarge fotografierte den Zettel mit seinem Handy, dann ging er ins Wohnzimmer. Es sah aus, wie er es von einer Frau diesen Alters erwartet hätte. Alte Polstermöbel, Berge von Illustrierten, ausgeschnittene Backrezepte, alte Zeitungen.

Auf dem Tisch lag ein Ordner, den die alte Frau mit „Sedelhöfe" beschriftet hatte. Lafarge klappte den Ordner auf und blätterte durch die Papiere. Zeitungsausschnitte über das Bauprojekt, Briefe der Stadt, in denen immer höhere Summen angeboten wurden, wenn sie bereit wäre zu verkaufen.

12

Er las häufiger den Namen des Baubürgermeisters Gerd Riedle am Ende der Briefe.

Das waren Unterlagen, die Lafarge erwartet hatte, die ihm aber nicht wirklich weiter halfen. Er musste etwas anderes finden. Er öffnete eine Schrankwand und sah einen blauen Hefter, der mit einer roten Schnur zugebunden war. Vorsichtig öffnete Lafarge die Schleife. Was er da in den Händen hielt, war zweifelsohne das gemeinsame Testament der Grunwalds. Es umfasste nur zwei Seiten, war mit Schreibmaschine verfasst und unten von einem Notar gestempelt und unterzeichnet.

"Da uns keine Kinder vergönnt waren, soll unser Besitz im Todesfall an den SSV Ulm 1618 e.V. übergehen, dem wir in langjähriger Treue ergeben sind", stand darin. Lafarge fotografierte die beiden Seiten mit seinem Smartphone ab. Dann band er den Hefter wieder zu, stellte ihn zurück in den Schrank und verließ die Wohnung.

Steifer Nacken   13
unruhiger Darm und auch Belastungsdyspnoe

„Ja, guten Abend, Frau Grunwald, dass Sie bei dem Nebel überhaupt hergefunden haben." Mike Lenders stemmte sich, heute selbst schon etwas hüftsteif, von seinem Drehstuhl hoch, bedenkend, dass dies immerhin die letzte Patientin für diesen Tag sei und dass er nun nach einem sehr, sehr langen und auch trüben Tag in der Praxis bald selbst am Stock ginge.

„Ja, ja, den Weg kenn ich doch auswendig, Herr Lenders. Wie gut, dass Sie es heute noch einrichten konnten, es ist wieder gaaanz schlimm mit dem Nacken!"

„Ist doch sinnlos", dachte der Therapeut bei sich. „Wenn Sie mir bitte unauffällig folgen wollen, werte Frau Grunwald", bücklingte Lenders. „Dann wollen wir mal sehen, wo's diesmal wieder klemmt."

Die beiden verschwanden in einem Therapiezimmer.

Grunwald kam nun schon seit mehr als sieben Jahren zu Lenders. Dauerpatientin, 76 Jahre. Krankheitsbilder aus dem geriatrischen Formenkreis (also alles außer Schwangerschaft) und woanders stimmte es wohl auch nicht so ganz. Wer sonst würde wohl in aufzieh-äffchenhafter Regelmäßigkeit die wöchentlichen Strapazen von Arzt- und Therapeutenbesuchen auf sich nehmen. So zumindest dachte Lenders, auch wenn er auf solche Menschen angewiesen war. Zweimal die Woche, in Akutfällen auch häufiger.

Hatte eben keine Verwandtschaft, der sie ihr Elend klagen konnte. Bis die Alte nur halb aus den Klamotten war, war die von der Krankenkasse veranschlagte Behandlungszeit schon fast vorbei. „Lassen Sie sich nur ruhig Zeit, Frau Grunwald, rasant wär' uncharmant!"

Mit allen Dauerpatienten entwickelte sich im Lauf der Jahre ein gewisses personalisiertes Ritual.

Lenders drehte sich auf seinem Drehstuhl von Grunwald weg und presste Daumen und Zeigefinger auf seine geschlossenen Augen. Gelbe Funken rasten an ihm vorbei. Nach einem kurzen „Wupsch" kehrte sein Hörvermögen langsam wieder zurück.

Therapie über den Dächern Ulms prangte vor dem Eingangsbereich seiner Praxis am Michelsberg.

Das Wetter würde wohl umschlagen. Man roch die Brauerei Gold-Stier, und die roch man nur bei Ostwind. Doch noch hielt der Nebel. Bei Licht, also zwischen Mai und August, hatte man von Lenders Praxisstandort eine fantastische Aussicht auf das Städtchen Ulm samt Münsterturm (längster). Ein Provinznest, das seinen Höhepunkt im siebzehnten Jahrhundert (Stoffhandel) überschritten hatte. Die Handelswege hatten sich damals geändert, die Zwinglianer das Lustigsein vergällt, die Preussen eine einschnürende Festung gebaut und Soldaten stationiert. Die mürrischen, maulfaulen Älbler hatten ihr Misstrauen vor Entwendung ihrer harten Hände Arbeit (Tränen gab´s viel und wenig Brot) verbreitet und all dies hatte sich in dem beharrlichen Nebel abgespielt, welcher den Menschen hier die Köpfe zu Boden drückte. Später hatte man Industrie und noch später, weiter weg von der Stadt, eine Universität (Naturwissenschaften) aus Beton kommen lassen. Doch man blieb sich förmlich fremd (Evidenz) und die alten Ulmer Familien (Eminenz) machten wie eh und je die Sachen unter sich aus (Eloquenz).

Doch war nicht zu Ulm schon von Kaiser Barbarossa Hof gehalten worden, als man von rindenbedachten und kotbespritzen Bauernweilern wie Stuttgart noch kein Sterbenswörtchen gehört hatte. Gewiss, die Zeiten hatten sich geändert und die Dinge waren von Menschen, die reger im Geist, rücksichtsloser im Handeln und weniger regional im Denken waren, an sich gerissen worden. Doch gemahnte nicht der große Glockenturm des Münsters an die alte Pracht? Gemahnte er nicht, anzuknüpfen und Fuggerschen Reichtum auch wieder zurück nach Ulm zu bringen?

16

Zu dieser Jahreszeit, just unter besagtem Glockenturm am Ende des Novembers, hatte der hiesige Weihnachtsmarkt bereits begonnen. Nun gegen halb sieben war dort sicher die Hölle los und der verschnittene Glühwein floss in Strömen, aufgesaugt von verbrannten Schupfnudeln mit Sauerkraut, verkauft zu grotesken Preisen. Fasching in Mordor.

Dieses Ereignis war bald auch Thema in der Praxis über den Dächern Ulms.

„Ah, Herr Lenders, mir ist in letzter Zeit immer ganz flau im Magen, und ich bekomme auch wieder sehr schlecht Luft."
„Frau Grunwald, haben Sie wieder ein neues Abführmittelchen entdeckt?"
„Nein, nein, das ist es nicht. Es ist dieser unverschämte Riedle. Man kommt nicht mehr zur Ruhe. Ständige Anrufe und Gängeleien. Ich bin schon völlig durcheinander. Bekomme bald Verfolgungswahn. Neulich war mir schon, als wäre jemand in meiner Wohnung gewesen. Was denken Sie wohl, wie ich schlafe, na? Tags der Baulärm und am Abend und in der Nacht diese Anrufe. Permanent dieser Riedle."
Ein Rumpeln und Grollen durchfuhr das Gebäude. „Was war denn das, ein Erdbeben?", ängstigte sich Grunwald. „Iwo, wieder eine Sprengung. Der Bahntunnel nach Stuttgart, Sie

wissen schon,“ versuchte Lenders sie zu beruhigen. „Die mit ihrer Scheißrumbauerei!“

Wie Lenders wohl wusste, wohnte die Grunwald mittlerweile sehr exponiert. Ihr Grundstück war ins Zentrum eines sehr großen und zentralen Baubegehrens gerutscht, was sie wider Willen zu einer Person von gesteigertem Interesse hatte werden lassen.

Doch die störrische Alte sperrte sich: „In dem Haus haben ich und mein Fritz uns kennengelernt, seinerzeit nach dem Krieg, als er zurückkam aus Russland mit seinem Holzbein, war keine leichte Zeit damals, und dort gewohnt, bis er seinen Unfall hatte. Anno ‘65, um diese Jahreszeit, nach dem Weihnachtsmarkt. Und ja, er hat immer gern getrunken und ja er war vielleicht vom rechten Weg und an dem Abend ganz sicher auch vom Gehsteig abgekommen, aber eines konnte er nie ertragen; wenn jemand seine gierigen Hände nach seinem Eigentum streckte. Hatte wohl was mit seiner Zeit im Gulag zu tun. Und das Versprechen hat er mir noch abgenommen. ‚Sylle‘,had’r gsait, ‚des Haus darfscht nie mols härgebba, vrsprichsch mr des?‘“ Und sie hatte es ihm versprochen.

„Außerdem“, untermauerte Grunwald weiter, während Lenders unruhig Richtung Uhr schielte, „was soll denn der

Quatsch. Noch so eine Mall. Es gibt schon zwei so Malls und die stehen schon halb leer. Kauft doch eh jeder in diesem Internet heute. Und die hässliche Architektur dieser Zeit. Sieht doch alles gleich aus. Das hat man davon, wenn immer alles die gleichen Leut' machen."

Und umziehen werde ich sowieso ganz sicher nicht mehr. Bei den Preisen zumal nicht. Sie sei im Weg? Na, wenn schon!
„Frau Grunwald, bitte, Ihr Puls, Sie sind ja schon ganz blau."
„Ha, wer hat sich denn damals interessiert, hä? Die Stadt ganz sicher nicht…gilf, gilf, quack, quack."

Lenders kannte das schon. Das Beste war, hier beizupflichten und auf gar keinen Fall Gegenvorschläge zu machen. Das könnte vielleicht einen schweren medizinischen Notfall nach sich ziehen, und so etwas konnte er grundsätzlich nicht, kurz vor Feierabend aber gar keinesfalls brauchen. Was scherte es ihn. Er zumindest hatte sicher nicht das Problem eine mittlerweile sehr hochpreisige Immobilie zu besitzen. Au contraire! Endlich war die Einheit zu Ende. „Also Frau Grunwald, gleiche Stelle – gleiche Welle, bis nächste Woche dann!"

„Dem Herrgott sei´s getrommelt und gepfiffen", dachte er sich, als er die Praxis zuschloss. Wie viele solcher verblockter Geschichten hatte er sich im Laufe seiner Karriere schon an-

19

hören müssen? Sehr viele. Ihn fragte nie jemand, was er für Sorgen hatte. Seine Tomaten auf der Fensterbank zum Beispiel, die waren dieses Jahr wieder nichts geworden: steinhart und sauer. Vielleicht würde er nächstes Jahr einfach Brennnesseln aussäen. Die galten als Kulturfolger und würden ihn vielleicht seiner Freundin gegenüber in einem besseren Lichte dastehen lassen.

Die Stiegen am Rubikon 20

Lafarge setzte den Blinker und zog nach rechts weg. Hinter dem Hospiz stellte er den Wagen an den Straßenrand, presste seinen Kippenstummel in den überquellenden Bordaschenbecher und massierte seine Schläfen. Dann entstieg er dem Wagen und ging die Straße wieder hinab, bog nach rechts ab und folgte der Michelsbergstraße hinunter, bis er das Gebäude mit der Nummer 14 auf der anderen Straßenseite erkennen konnte. Es war 19.15 Uhr.

In die Praxis dort oben einzudringen war nicht ratsam. Es würde nur Aufmerksamkeit erregen, auch wenn medizinische Details gegebenenfalls interessant sein konnten. Vielleicht hatte die Alte ja Krebs und würde bald sterben. Wer wusste das schon? Aber einen Eindruck von ihr konnte er sich trotz allem verschaffen, indem er sie verfolgte und beobachtete. Was tat sie und was ließ sie? Wie verhielt sie sich? Welche Wege schlug sie ein? Wie bewegte sie sich? Wen traf sie? Was aß sie und wo bekam sie es her? Je besser man über jemanden Bescheid wusste, desto besser konnte man ihn auch unter Druck setzen. Viele Familienbande waren der lebende Beweis dafür. Nichtsdestotrotz war es Lafarges vorrangiges Ziel, herauszufinden, welchen Weg Grunwald nahm, um ihre Gewohnheiten kennenzulernen.

21

Die Schiebetüren des Heimeinganges öffneten sich und Grunwald trat in den Nebel hinaus. Ein Hütchen mit Hahnenfeder aufs Haupt gepresst, die Schultern bis zu den Ohren hochgezogen, stach Grunwald, an ihrer Handtasche zerrend, rechts die Michelsbergstraße hinauf.

Auf der anderen Straßenseite löste sich Lafarge von der Garagenwand, an die gelehnt er gewartet hatte. Langsam folgte er ihr, hübsch auf seiner Seite bleibend. Wackelnd ruckelte die Alte den Gehweg entlang, da grummelte es erneut und ein leichtes Zittern durchlief den Grund. Doch auch das konnte Grunwald nicht bremsen.

Lafarge sah über die Schulter, um nun doch die Straßenseite zu wechseln. Die Straße bog nach rechts ab, bergab in Richtung Stadtmitte. Geradeaus führte ein Fußgängersteg über ein paar Gleise ebenfalls in die Stadt hinab. Grunwald nahm den Steg und stiefelte die Stufen hinab. Es waren gut 25 Stufen, dann kam ein Treppenabsatz, dann weiter gut 25 Stufen. Lafarge wartete im Schatten. Unten, auf der anderen Seite des Gleisstranges, begann Ulm mit dem wuchtigen Bau der Gold-Stier-Brauerei.
Wie erwartet, steuerte Grunwald, als sie das Ende der Treppen erreicht hatte, geradeaus weiter in die Stadt hinein. Nun

war klar, wo sie hinging. Lafarge brauchte ihr nicht weiter zu folgen. Er lehnte sich an ein Mäuerchen und starrte gedankenverloren die Stiegen hinab. Ein Kiesel löste sich aus dem Mauerverputz und kullerte langsam den Weg hinunter und hüpfte dann die Stufen hinab.

Der Chef 23

Der Tag hatte schon schlecht begonnen für Ulms Baubürgermeister Gerd Riedle. Er war mit steifem Nacken erwacht, hatte sich beim Frühstück mit seiner Frau über das Stipendium für die Kinder gestritten und sich den Zehen an der Treppe gestoßen.

Übellaunig saß er jetzt in seinem Büro in der Münchner Straße und trank die sechste Tasse Kaffee. Es war bereits kurz nach fünf und eben war der Chef verschwunden. So nannten hier alle den Oberbürgermeister. Es kam nicht oft vor, dass er sich aus dem Rathaus hierher bewegte, aber wenn, hieß es meist nichts Gutes. So war es auch heute gewesen. Das Treffen hatte der OB kurzfristig anberaumt, es hatte nur einen Tagesordnungspunkt gegeben: die Sedelhöfe.

„Riedle!", hatte der Chef ihn angeraunzt, „wir müssen endlich vorankommen, sonst machen wir uns komplett lächerlich."
„Wir tun unser Bestes."
„Unser Bestes, unser Bestes", hatte der Bürgermeister ihn nachgeäfft. „Dann muss das Beste besser werden! Ich weiß, dass die Hexe nicht verkaufen will, aber wir brauchen dieses Grundstück. Schlimm genug, dass wir McDonald's die Kohle in den Rachen schieben, wir blamieren uns komplett, wenn

wir das Ding nochmal umplanen müssen."
Damit hatte der Bürgermeister die Tatsache angesprochen, dass das Gebäude von McDonald's schon abgerissen worden war – wie alle anderen Häuser auf dem Grundstück der Sedelhöfe.

Weil der Fastfood-Riese aber einen langfristigen Pachtvertrag gehabt hatte, musste die Stadt auf eigene Kosten Ersatz schaffen. So war ein Metallklotz in der Fußgängerzone entstanden. Der war kleiner als der frühere Standort, weshalb die Verwaltung auch noch für die Umsatzeinbußen zahlen musste. Erst wenn die Sedelhöfe standen, wäre damit Schluss. Allerdings muss die Stadt trotzdem weiterbluten: die Differenz zwischen der alten günstigen und der wesentlich höheren neuen Pacht, alles in allem viele Millionen. Die ganze Stadt hatte darüber gelacht und Journalist Raumann hatte süffisante Kommentare geschrieben, in denen er die Stadtspitze verhöhnte.

„Riedle, ich sag es unmissverständlich, wenn die Sedelhöfe nicht kommen, werd ich den Gemeinderat gegen dich hetzen und du bist deinen Posten schneller wieder los, als du schauen kannst!""

25

„Aber Chef, ich kann doch die Gegebenheiten auch nicht ändern."

„Du hast das Ding geplant und die Verhandlungen mit Maatmann geführt!", herrschte ihn der OB an. „Dann schau gefälligst, dass das Ding kommt und jammer hier nicht rum! Ich hab die Faxen dicke!" Der Kopf der Oberbürgermeisters hatte mittlerweile einen gefährlichen Rotton angenommen. „Du weißt, welche Stunde geschlagen hat!" Dann ging er Richtung Tür, drehte sich um und sagte leiser und mit einem säuerlichen Lächeln: „Kümmer dich lieber um deine Aufgaben hier, anstatt dich auch noch beim Verein lächerlich zu machen und dann in der Zeitung rumzujammern." Wortlos drehte er sich um und verließ den Raum.

Riedle merkte, wie sein rechtes Augenlid zu zucken begann. Er steckte verdammt noch mal in der Klemme. Im Verein, dessen Vorsitz er hatte, lief es beschissen, die verdammten Sedelhöfe nervten ihn und dann noch der ständige Streit mit seiner Frau. Er blickte aus dem Fenster in das Grau des Ulmer Novembers und versuchte, einen klaren Gedanken zu fassen. Was waren seine Optionen? Er hatte schon mit allerlei Tricks versucht, Grunwald aus ihrem Haus zu treiben, aber die Alte war störrisch. Da halfen keine gekappten Stromleitungen oder Bagger, die um 6 Uhr in der Früh neben ihrem Haus anfingen zu arbeiten. Nervös nippte Riedle an seinem Kaffee und dachte an das bevorstehende Treffen mit Maatmann. Der Kerl war ihm nicht ganz geheuer, aber damals hatte er eben das beste Angebot abgegeben und der Chef wollte das Bauprojekt mit aller Macht. Ihm selbst war es herzlich egal, die paar Sachen, die er kaufte, besorgte er sich auf den Shoppingausflügen mit seiner Frau nach München. Er merkte, dass er abschweifte und zwang sich zur Konzentration.

Worum ging es bei dem Gespräch? Eigentlich wollten sich beide auf den neuesten Stand bezüglich des Bauprojekts bringen, aber wenn Riedle ehrlich sein sollte, hatte er nicht allzuviel zu berichten. Sie traten auf der Stelle. Die anderen Grundstücke hatte man mehr oder weniger im Handstreich kaufen können, auch dank des gewitzten Reizl, der das Liegenschaftsamt leitete – aber dass die Grunwald sich so sperren würde, hatte er nicht geahnt. Er hatte die Alte einfach unterschätzt.

Missmutig erhob sich Riedle von seinem Drehstuhl, griff nach seiner Jacke und verließ das Büro. Zeit für das Treffen mit Maatmann. In der Tiefgarage stieg er in seinen Wagen und lenkte ihn Richtung Ostalb. Als er die Albecker Steige hinabfuhr, bemerkte den neuen Blitzer neben einem roten Back-

27

steinhaus. „Gute Stelle", dachte er sich und drückte wieder aufs Gas, als er ihn passiert hatte. Treffpunkt war 18 Uhr im Raubvogel in Rammingen. Er war spät dran.

Schweinelendchen

Ungeduldig trommelte Maatmann mit seinen Fingern auf den Tisch. Der Mann mit dem breiten Kinn und den buschigen Augenbrauen war mit dem Zug aus Köln angereist und saß nun mit Lafarge in einem Hinterzimmer im Raubvogel. Seine Stimmung war schlecht.

Das bekam auch Lafarge zu spüren, der ihn mit dem Wagen vom Bahnhof abgeholt hatte. Zu seinem Pech war Lafarge zu spät gekommen, weil in der Stadt vor lauter Baustellen kein Durchkommen war. Die Zeit hatte Maatmann genutzt und sich das Baufeld angesehen. Da konnte es einem nur die Laune verhageln – vor allem, weil Grunwalds Haus wie ein Geisterschloss in der Mitte der Fläche lag. Unberührt und unschuldig, aber eben im Weg.

„Wann kommt denn der Riedle?" bellte Maatmann. Lafarge zuckte mit den Achseln. „Wird bestimmt gleich da sein, Chef." Er nahm einen Schluck von seinem Bier und bereute, dass er wegen Maatmanns Anwesenheit alkoholfrei hatte bestellen müssen. Den letzten Korn aus seinem Flachmann hatte er vor drei Stunden gehabt.

„Was hast du rausgefunden über die Alte?", wollte Maatmann wissen. Lafarge wandte den Blick von seinem Bierglas ab und begann seine Ausführung. „Die Alte lässt sich mit Geld wohl nicht locken", sagte er. Dann erzählte er von den immer höheren Summen, die die Stadt geboten hatte und dem immer schärfer werdenden Ton der Briefe. „Da wird sich nicht so viel machen lassen", schloss er seine Zusammenfassung. Maatmann brummte. „Was noch?"

„Es gibt da dieses Testament, Chef. Darin steht, dass das Grundstück und das Haus an den örtlichen Verein gehen sollen. Zufälligerweise ist Riedle erster Vorsitzender des Vereins." Maatmann musterte Lafarge.

Die Tür flog auf und der leicht untersetzte Riedle lächelte ein schmieriges Lächeln. „Schön, Sie zu sehen", sagte er und ging auf Maatmann zu. Dieser blieb sitzen, streckte nur seine fleischige Hand aus und sagte: „Ebenso."

Die Bedienung kam angetänzelt und fragte nach den Wünschen der Herren. Riedle entschied sich für eine Lendchenpfanne und verspürte das erste Mal an diesem Tag so etwas wie Freude. Maatmann sagte: „Zwiebelrostbraten."

Die Bedienung verließ das Zimmer und für einen Moment saßen sich die sehr unterschiedlichen Männer schweigend gegenüber. Riedle nestelte an der Tischdecke, er mochte Maatmann nicht besonders. Der Typ war ihm zu rau und für einen Rheinländer seltsam ernst.

„Wir räumen das Baufeld ab", begann Riedle. Er wollte sich langsam vortasten, denn in Wahrheit gab es wenig zu sagen. Die Stadt steckte in der Bredouille. Sie hatte Maatmann das Projekt so schmackhaft gemacht, indem Grunwalds Grundstück ebenfalls Teil des Plans war. Und nun konnte sie nicht liefern.

Riedle war froh, dass die Bedienung mit dem Essen kam und ihm so eine kurze Pause verschaffte. Wie die Lendchen dufteten! Er wollte seine langatmigen Ausführungen über Bagger und Geröllmengen gerade fortsetzen, als Maatmann plötzlich „Was ist mit der Grunwald?" zischte. Riedle hörte auf, sein Fleisch zu schneiden und blickte Maatmann an: „Leider nichts Neues. Aber wir starten einen neuen Versuch."

Maatmann atmete langsam aus und holte tief Luft. "Hören Sie, Herr Riedle", sagte er und machte dann eine Kunstpause. "Wenn wir nicht bald loslegen können, ist das Memorandum of Understanding über die Sedelhöfe einen feuchten Dreck wert." Er wurde langsam lauter und hatte sein Besteck abgelegt. Er beugte sich über den Tisch. "Herr Riedle, ich meine es ernst, wenn nichts vorangeht, dann trete ich vom Vertrag zurück. Und zwar bis zum Jahresende." Er ließ sich in seinen Stuhl zurückfallen und blickte Riedle an. Der hatte aufgehört zu kauen und stierte Maatmann an.

Lafarge stockte das Blut in den Adern. Was sagte sein Chef da? War das wirklich sein Ernst oder bluffte er? Wenn er das wirklich tun würde, wäre die Firma am Ende und was würde dann aus ihm? Was wäre mit all seinen Schulden? Seine Gedanken überschlugen sich, doch er wurde jäh unterbrochen.

„Guy", sagte Maatmann kühl zu ihm, „wenn du uns ein wenig allein lassen könntest! Der Herr Riedle und ich müssen noch etwas besprechen. Komm doch so in einer guten Stunde wieder, ja?"

Lafarge blickte zu Riedle, dem jegliche Farbe aus dem Gesicht gewichen war. Sein Chef verzog keine Miene. Was bedeutete das alles? Langsam stand er auf und verließ das Zimmer.

Als er die Tür hinter sich geschlossen hatte, spürte er, dass sein Hemd an seinem Körper klebte. Schweiß rann ihm von der Stirn. Zur Toilette, erstmal einen Schluck aus dem Flachmann und kurz durchatmen, dachte er und sah sich um.

32

Er stand in schummrigem Licht in einem Flur. Rechts die Tür zum Gastraum, links der Eingang und gegenüber die Toiletten. Er öffnete die Tür, setzte sich auf eine der Toiletten und schloss die Tür. Seine Hände zitterten. Er griff in die Innentasche seines Mantels und spürte, wie gut der Flachmann in seiner Hand lag. Hastig drehte er den Verschluss auf und trank gierig. Sein Hals brannte und er spürte die wohlige Wärme in seinem Magen. Aus seiner Hosentasche fingerte er einen Blister mit Benzodiazepam, einem starken Beruhigungsmittel.

Er hatte sich vorgenommen, es nur in Notfällen zu nehmen, doch das hier war zweifellos einer. Er war kurz davor, seinen Job zu verlieren, und dann würde sein gesamtes Leben auseinanderbrechen. Er spülte die Tablette mit einem weiteren Schluck aus dem Flachmann hinunter. Er verließ das Toilettenhäuschen und klatsche sich am Waschbecken kaltes Wasser ins Gesicht.

Dann trat er vor die Tür und steckte sich eine Zigarette an. Er blickte auf den Parkplatz, sah sein Auto mit dem Kölner Kennzeichen und hatte das Gefühl, plötzlich ganz klar zu sehen. Vor seinem inneren Auge war alles sehr logisch. Er spürte, wie er langsam ruhiger wurde. „Ja", dachte er, „das könnte funktionieren". Er setzte sich in den Wagen, wendete und fuhr auf die Landstraße nach Ulm. Es war 18:54 Uhr.

Das Auge im Schatten 33

Franz Küppers setzte erneut an. Kristall-Korn. Bald war schon wieder Weihnachten. Das hielt man ja nur besoffen aus und vor allem nicht zuhause. Schon wieder ein beschissenes Jahr hinter sich gebracht. Insbesondere der Sturz auf einen herabgefallenen Ast zum Preis seines rechten Auges Anfang des Jahres hatte unangenehm zu Buche geschlagen. Die Affen in der Klinik konnten ihn mal.

Er kratzte mit tabakgebräuntem Finger die stets juckende Stelle oberhalb der Augenklappe. Und auch noch Ärger gehabt. Vorhin in seinem zweiten Wohnzimmer, dem Karlsplatz. War diese Welt nicht eh nur ein trister Durchgangsort? Grummelnd und schwankend nahm Küppers auf einem Palettenstapel hinter dem Landratsamt Platz. Ruhiges Plätzchen hier, überdacht, dunkel, freie Sicht im Rahmen des Nebels. Da vorne die Gleisüberführung. Um die Zeit kam kaum noch einer vorbei. Gingen ihm eh alle auf den Sack.

Küppers neigte eher zu Langmut oder aber zu distanziertem Interesse. Die Ergebnisse seiner Betrachtungen drangen in der Regel auch nicht nach außen. Jetzt noch in aller Ruhe das Fläschchen Korn leeren und dann ab ins Loch. Seitdem die Pfeifen von der Stadt Strom und Warmwasser abgestellt hatten, war es zuhause noch ungastlicher als bisher. Dann wusch er sich eben nicht mehr. War dann eben auch Sache der Stadt, seine Wohnung zu räumen, samt Schmutzwäsche. Und eins war verdammt sicher: Er neigte zu Fußschweiß! Da mussten die dann halt gucken, dann würden die schon sehen.

Was war denn das dort oben auf dem Fußgängersteg?

Wurde die etwa verfolgt? Schemenhaft sah Küppers eine ältere Frau die Stufen hinunterstacksen, während ein Mann mittleren Alters sie einzuholen versuchte. Noch während Küppers die Szene zu verstehen versuchte, hob der Mann auf einmal seine Arme und stieß die Alte kräftig nach vorne. Die schrie auf und stürzte das restliche Dutzend Treppenstufen hinab. Küppers hielt den Atem an. „Verdammt! Die steht nicht mehr auf", dachte er sich. Der Mann trat ein paar Stufen näher, beugte sich über sein Opfer, dann sah er sich hastig um, wandte sich ab und rannte die Stufen wieder hinauf.
Als der Flüchtende unter einer Laterne hindurchhuschte, erkannte Küppers einen grünen Parka und dunkles Haar.
Schlag, Sturz, Flucht. Fertig. Küppers merkte, dass er noch mit halb angewinkeltem Arm dasaß, die Flasche auf halber Strecke zum Mund festgefroren, der Mund schon offen. Er ließ die Flasche sinken. Jetzt war guter Rat teuer. Allzu lang Maulaffen feilhalten, war jedoch ganz sicher das Falsche.

35

Er rutschte von seinem Stapel und spähte nach der alten Dame. Ihr Hut lag neben ihr, einen Schuh hatte sie an der Stelle verloren, wo der Mann sie gestoßen hatte. Da rührte sich gar nichts. Die war hin, so wie der Hals abgedreht war. Ihre Augen waren offen, fokussierten nichts.

Die Büttel informieren? Wohl kaum. Ein besoffener Prekarier wie er käme sicher zumindest erstmal in U-Haft, mindestens. Er sah schon die Schlagzeile im Lokalblättchen vor sich: "Besoffener Penner stößt beim Betteln respektable Frau von Treppe. Tot!" Nicht mit ihm. Noch nicht. Musste er halt doch heim. Drei lange Züge später war die Flasche leer. Er stellte sie neben die Palettenstapel und wankte, so schnell es eben ging, in Richtung Karlstraße davon. Vielleicht würde er sich irgendwo noch einen genehmigen. Ausnahmsweise. Mit Sicherheit. Was für ein großartiger Tag.

Lafarge war klatschnass, das Blut pulsierte durch seine Adern, er zitterte, aber da war auch eine Wärme in ihm, die er lange nicht gespürt hatte, das Gefühl wieder Herr über sein Leben zu sein, die Dinge in die Hand zu nehmen. Es war ganz leicht gegangen und sein Timing war fast perfekt gewesen. Um 19:20 Uhr hatte er den Wagen in einer Seitenstraße abgestellt und hatte wie Tags zuvor im Schutz der Dunkelheit in einem Hauseingang gewartet. Die Grunwald war, wie zwei Tage zuvor, gegen 19:30 Uhr aus der Praxis gekommen und er war ihr in einem Abstand gefolgt.

Wie erhofft, hatte sie den gleichen Weg genommen wie beim letzten Mal. Die Alte war viel leichter gewesen als er gedacht hatte. Sie hatte fast abgehoben, als er sie gestoßen hatte. Was für ein sonderbares Gefühl das gewesen war. Gezögert hatte er keinen Moment.

Er zog die Kapuze über seinen Kopf und ging festen Schrittes zurück zum Auto. Jetzt bloß nicht zu spät kommen oder irgendwo auffallen. Alle werden denken, dass die Alte gestürzt sei, redete er sich ein. War ja eh wacklig auf den Beinen. Er öffnete die Tür seines Wagens, ließ sich auf den Sitz fallen. Jetzt würde alles gut werden, dachte er sich. Grunwald war weg, endlich würde man an ihr Haus kommen, Maatmann konnte bauen, und er würde weiter sein Gehalt bekommen, das er so dringend brauchte.

Er bahnte sich seinen Weg über den Michelsberg und dann den Safranberg hoch, an ihm zogen die Lichter der immer dünner besiedelten Stadt vorbei, er nahm sie kaum wahr, fühlte sich wie in einem Tunnel, seltsam beschwingt. Er warf einen Blick auf die Uhr. 19:45. Es würde knapp werden. Als er das Stadtschild hinter sich gelassen hatte, drückte er aufs Gas, den Blick starr auf die Straße gerichtet. An ihm flog ein Ortsschild vorbei, irgendwas mit „Al …", er sah es nur schemenhaft. Plötzlich vibrierte sein Handy. Er zog es aus der Hosentasche, warf einen Blick darauf und sah die Nachricht von Maatmann. „Wo bleibst du?" Den grellen Blitz, der aufleuchtete, als er an einem roten Haus vorbeifuhr, nahm er nicht wahr.

Der Kies knirschte, als er den Wagen auf den Parkplatz des Raubvogel lenkte. Vor der Tür sah er Maatmann, der eine Zigarette rauchte und ungeduldig auf sein Handy starrte. „Wo warst du?", fuhr er ihn an, als Lafarge neben ihm hielt und das Fenster herunter ließ. „Hatte keine Zigaretten mehr und musste zur Tankstelle", sagte Lafarge. Maatmann schnaubte, öffnete die Tür und setzte sich auf den Beifahrersitz. „Wir fahren zurück nach Köln", sagt er dann. „Jetzt."

Der Kommissar 37

Das Smartphone schnarrte rutschend über das Nachttischchen. Unbeholfen, da schlaftrunken, tastete eine speckige Hand nach dem Verursacher des lästigen Geräusches: „Bächtle, was isch?", grunzte der Mann unfreundlich in den Apparat, als er ihn endlich zu fassen bekam. „Ja, ka da net d'r Rudi komma? Überstunda? Noi. Hä-änä-ja, wenn's sei muss. Wo?" Ein Mann mittlerer Größe mit größerer Mitte wälzte sich an die Bettkante. Der Platz neben ihm im Doppelbett war leer, schon lange.

Immerhin, heute war Schlemmertag bei seinem Stammmetzger der Imbissstube Prunk, herzhaft gegrillter Schweinebauch mit Kartoffelsalat und Sauerkraut, stand auf der Speisekarte. Das war doch immerhin eine Aussicht.
Die war auch dringend nötig. Die klapprigen Zeiger seiner Küchenuhr zeigten kurz nach halb fünf. Der Plastik-Kaffeevollautomat Marke Swing My Day hustete zweimal und streikte dann, sich auf ein beleidigtes Blinken eines kleinen roten Lichtes zurückziehend, völlig.

Bächtles Stimmung sackte weiter ab. Er hoffte, dass die Kollegen am Tatort etwas Kaffee zu bieten hatten. In jedermanns Interesse.

38

Er schlug die Wohnungstüre übertrieben laut zu und stampfte die Treppen hinab. Wiblingen – Michelsberg, um diese Zeit zehn Minuten.

Sein Wagen stand an dem Laternenpfosten mit dem Aufkleber ACAB – all cops are bearded, er selbst hatte seinen Oberlippenbart nach der Trennung von Luisa abgenommen.

Schnaufend zwängte er sich hinter das Lenkrad und war froh, dass der Wagen schon beim dritten Versuch ansprang. Während der Fahrt geschah nichts, außer dass der Nebel mit jedem Meter dichter zu werden schien. Das dumm-fröhlich-animierende Geschwätz im Radio hatte er sofort abgedreht. Er wollte jetzt nicht animiert werden und Fröhlichkeit lag ihm grundsätzlich eher fern.

Sturz mit Todesfolge, hatte Renftle ins Smartphone geplärrt. „Na schau mer halt amole", sagte er halblaut zu sich selbst und seufzte, als er von der Karlstraße in die Syrlinstraße in Richtung des Fundortes abbog.

Als er sich aus dem Auto stemmte, stach ihm sofort der malzige Geruch der angrenzenden Gold-Stier-Brauerei in die Nase.

„Ja, guten Morgen", quakte Renftles Stimme aus dem grellen Scheinwerferlicht „Kömmer's auch schon machen, hä?"

„Wenn i eus et braucha ka, na isch des so a saudomms Gswätz am Morga, an Kaffe an mi na!", raunzte Bächtle zurück.

Scheinwerferlicht tauchte den Fundort in grelles Licht. Zwei übernächtigte Streifenpolizisten standen an ihrem Wagen. Der Ältere kommandierte der Blondine: „Bringsch em halt an Kaffe, und machsch au gut Zugger nei, der wiegt ja eh bloß no zwoi Zentner ond achtzg' Pfund."
Mit zittriger Hand servierte die bleiche Blondine dem mit blutunterlaufenen Augen gereizt ins Scheinwerferlicht starrenden Bächtle seinen „Kaffe".

Bächtle (grob): „Sie schauet au nemme arg lebendig aus!"
Blondine (zusammenzuckend): „Wir haben die Frau, ich meine die Tote, entdeckt."
Bächtle (herrisch): „Wann war des g'nau?"
Blondine (unterwürfig, unsicher): „So kurz nach drei."
Bächtle (schnell): „War se da scho sterrig?"
Blondine (weinerlich): „Wie Bitte?"
Bächtle (überlaut): „Ob se da scho steif war, will I wissa!"
Blondine (unsicher): „Ja, kalt war sie da schon."
Bächtle (mit der Hand antreibende Gesten vollführend): „Anwohner, Passanten, Zeugen, Meldungen?"

Blondine (resigniert den Kopf schüttelnd):
„Noch nichts bislang."
Bächtle (feststellend, drohend): „Berichte vom Kollegen und
Ihnen gehen heute noch an mich, verstanden!? Ab jetzt!"

Bächtle drängte sich durch die Absperrung, besah sich Leiche
und Treppe, stieg hinauf zum stehengebliebenen Schuh und
sah die Treppe hinab. Dann kratzte er sich am Kopf und stieg
wieder hinab in die Absperrung.

„Renftle, was wissmer?"
„Mehr als gestern, aber weniger als morgen. Die Dahinge-
schiedene heißt: Grunwald, Silke, wohnhaft Bahnhofplatz 7,
Ulm, 76 Jahre jung, keine Angehörigen, der Rechtsmediziner
ist heute mittag fertig und ruft dich dann an, im Geldbeutel
ein Terminkärtchen von einer Physiotherapiepraxis hier um
die Ecke mit einem Termin für gestern Abend. SpuSi läuft
noch. Wertsachen noch am Mann. Hier ist der Schlüssel-
bund. Viel Spaß!"
Grußlos verließ Bächtle den Fundort.

In früheren Zeiten

Polizeireporter Stefan Raumann war etwas früher in die Redaktion gekommen, denn er wollte abends noch zum Kegeln und da sollte er zeitig rauskommen. Nun saß er mit einer Tasse Kaffee an seinem Schreibtisch in der Lokalredaktion des Südanzeigers und fuhr den Rechner hoch. Die Kollegen der Online-Redaktion saßen hohläugig am anderen Ende des Großraumbüros, natürlich längst in Vollbesetzung. Die fingen ja schon um 5:30 Uhr an, da hatte ein Lokalredakteur noch gemütliche vier Stunden bis Dienstbeginn. Jetzt war es kurz nach acht und außer den Onlinern waren nur der Lokalchef und die Sekretärinnen da.

Mal wieder spann der Rechner, es war eigentlich ständig irgendwas, und mit dem neuen Redaktionssystem hatte er auch seine liebe Mühe. Aber der Geschäftsführer hatte irgendwas von „Multi-Chanel-Publishing" und „Online first" erzählt und die Anschaffung tatsächlich als „alternativlos" bezeichnet. Raumann fluchte und startete die Kiste neu. Ein Blinken auf dem Monitor verhieß ihm, dass es dieses Mal geklappt hatte.

Er öffnete sein E-Mail-Postfach und sah eine Mail von Rolf Siedler, einem Fotografen, der den Polizeifunk abhörte und dann losfuhr, um so schnell wie möglich Bilder zu machen.

„Geier" nannten ihn hier alle, weil es meist Fotos von Unfällen waren, die zerbeulte Autos zeigten und man gar nicht wissen wollte, wie es den Menschen darin ergangen war.

Dieses Mal erregte die Mail jedoch Raumanns Interesse. Sie war von sechs Uhr morgens. Todesfall Schwabstraße – Veitsbrunnenweg stand in der Betreffzeile. Er öffnete die Mail und sah Fotos, die nachts aufgenommen waren. Wie häufig bei Siedlers Fotos, war nicht wirklich viel zu erkennen. Raumann sah eine Polizeiabsperrung im Scheinwerferlicht. Im Hintergrund war ein Treppenlauf, der über die Bahngleise ging, einige Polizeiwagen und der Bus der Spurensicherung. Eine Leiche war nicht zu sehen. Siedler hatte noch ein paar dünne Zeilen dazu gepackt. „Ältere Frau tot auf den Treppen aufgefunden. Todesursache noch unklar."

Das war seine Story für heute. Endlich mal wieder was los, dachte er sich. In letzter Zeit war viel Magerkost angesagt, er hatte sich auf Spekulationen um einen wochenlang zurückliegenden Überfall in einem Bordell konzentriert.

„Was ist mit der Leiche bei der Brauerei?" blöckte er quer durchs Büro in Richtung Onliner. Vielleicht wussten die ja schon mehr.

„Die Polizei gibt nix raus", kam es von dort zurück. „Wir haben bislang nichts dazu auf der Seite."

„Pfeifen", dachte sich Raumann, „das liegt daran, dass ihr keine vernünftigen Quellen habt." Er ging rüber zum Schreibtisch des Lokalchefs. Der hackte wild auf seiner Tastatur herum – im Zweifinger-Adleraugen-System. Mal wieder ein Leitartikel für Samstag. „Warum Ulm die Sedelhöfe braucht" lautete die Überschrift.

„Chef?"

„Was isch?", er drehte sich mit seinem Stuhl um.

„Ne Leiche. Drüben bei der Brauerei. Heute Nacht."

„Umgebracht oder Unfall?"

„Unklar."

„Was machen wir?"

„Ich schau's mir mal an, macht die Konferenz ohne mich."

Der Chef nickte und drehte sich wieder um. Raumann ging zurück zu seinem Platz, nahm seine Jacke und verließ die Redaktion. Vor der Tür bereute er, heute morgen nicht den Wintermantel angezogen zu haben. Ihn fröstelte. Er schlug den Jackenkragen hoch und lief los in den Nebel.

Unterwegs dachte er darüber nach, ob er heute Abend rechtzeitig zum Kegeln kommen würde. Wahrscheinlich war das nicht. Wieder einmal zeigte sich, wie unberechenbar der Job war. Er dachte zurück an die Zeit, als er begonnen hatte, damals noch mit vollerem Haar und viel Elan. Es war für ihn kein Problem gewesen, bis spät in der Redaktion zu sitzen – denn er hatte den Job geliebt. Das Aufspüren von Geschichten, das hartnäckige Nachfragen, die Suche nach Details und der Wahrheit. Mit den Jahren war sein Elan kleiner und sein Bauch größer geworden, aber an guten Tagen hatte er noch immer den Biss von damals.

In Gedanken versunken erreichte er das Ende der Syrlinstraße und ging geradewegs auf die Stufen zu, an denen die Polizei den Mann gefunden hatte. Ratlos stand er davor. Von der Polizeiabsperrung war nichts mehr zu sehen, Blut war ebenfalls nirgendwo sichtbar. Er fragte sich, was er zu finden gehofft hatte und blickte missmutig in den Veitsbrunnenweg. Dann sah er Küppers, der in einer Ecke zusammengesunken da saß. Über den Trinker vom Karlsplatz hatte er vor langer Zeit mal eine Geschichte gemacht. Seitdem grüßten sie sich, wenn sie sich in der Stadt begegneten, hin und wieder tauschten sie ein paar Worte aus.

Er ging auf ihn zu und fragte: „Miese Sicht, was?" Etwas Besseres fiel ihm nicht ein.

„Mhmm", brummte Küppers.

„Wie läuft's am Karlsplatz?"

„Es geht. Gerüchte gehen um, dass 'se das Dächle wegreißen wollen", sagte er und hustete.

„Zigarette?"

„Gern." Mit zittrigen Fingern steckte sich Küppers die Zigarette an. Er inhalierte tief. Während er ausblies, blickte er zu den Stufen. „Und selbst?", fragte er dann.

„Geht so. Heute Nacht soll hier eine Frau zu Tode gekommen sein, jetzt muss ich schauen, was passiert ist. Schon davon gehört?"

Küppers zuckte mit den Achseln. Raumann sah ihm ins Gesicht und bemerkte ein Flackern in seinem Auge. Wusste er etwa was? War er womöglich selbst gestern hier gewesen, gar der Täter?

Er ließ sich neben dem Mann zu Boden, griff in seine Jackentasche und zog einen silbernen Flachmann heraus. Er setzte an, tat so, als ob er trinken würde und reichte dann an Küppers weiter. Der trank gierig, blickte wieder zu den Stufen und sagte dann: "Schlimme Sache mit der Alten." Raumann sagte nichts, sondern zündete sich selbst eine Zigarette an. Küppers trank. Einige Zeit geschah nichts und die beiden Männer starrten auf die Treppe vor ihnen.

46

Schließlich brach Küppers das Schweigen. „Es war schrecklich. Ich hab alles gesehen." Raumann tat so, als ob nichts wäre, auch wenn es ihm schwerfiel. Er musste jetzt einfach auf die Wirkung des Alkohols vertrauen und darauf, dass Küppers niemanden hatte, der ihm mal wirklich zuhörte. Die Jahre auf der Straße machen mürbe, und auch wenn die Jungs oft am Karlsplatz stundenlang tranken, wirklich zuhören taten sie einander nicht. Küppers war einsam. Hier war mal jemand nett zu ihm, auch wenn es nur mit einer Zigarette und etwas Schnaps war.

"Ich saß hier gestern Abend mit einer Flasche Korn. Hab vor mich hingedacht. Erst hab ich gar nichts gemerkt. Aber dann war diese Alte auf dem Treppenabsatz zwischen den ganzen Stufen. Und plötzlich ein Mann hinter ihr, der sie geschuckt hat. Sie schrie und stürzte dann die ganzen Stufen runter. Kam komisch auf, der Kopf war so verdreht. Der Mann ging kurz hinterher, blickte auf sie hinab und verschwand, von wo er gekommen war."
Raumann war skeptisch. „Wer weiß, wie voll Küppers wieder gewesen war", dachte er sich. „Bei dem Nebel muss es schwer zu sehen gewesen sein."
„Aber wenn ich es doch sage. Genau so war es. Ich hab sogar die Farbe des Mantels gesehen von dem Mann. Der war

grün! Klar war es neblig und genau habe ich nicht alles gesehen, hatte ja auch schon etwas Korn intus, aber ich schwör
bei der heiligen Jungfrau – die ist nicht einfach die Treppen
runtergefallen."

Jetzt war es Raumann, der „Mhmm" machte. Wer sollte
die Alte die Treppen runterstoßen? Und warum? Wenn der
Mann sofort verschwunden war, war ein Überfall unwahr-
scheinlich. Er würde in den Neuen Bau müssen, es wäre ohnehin schlauer gewesen, erst dort vorbeizugehen. Aber wenn
es stimmte, was Küppers sagte, war er Zeuge eines Mordes
gewesen.

„Nun denn", sagte Raumann. „Verfrier mir dahanna et."
„Ja, ja." Küppers nahm einen weiteren Schluck, reichte
Raumann den Flachmann zurück und starrte ins Nichts.
„Aber nichts von meinen Worten an die Polizei oder sonst
jemanden!"
Raumann nickte. „Versprochen", sagt er. „Auf bald." Dann
drehte er sich um und ging.

In der Redaktion war mittlerweile die übliche Geschäftigkeit
des Vormittags zu beobachten. Kollegen feixten oder beugten
sich über die Blätter der Konkurrenz, um wieder darüber zu

lachen, was die Neu Ulmer Zeitung alles schlechter gemacht hatte. Die Bild war wie immer nicht an ihrem Platz. Es war das Übliche: Keiner hatte sie gelesen, aber alle wussten, was drin stand.

Raumann klemmte sich ans Telefon. Die Pressestelle der Polizei umging er, das war etwas für Anfänger, und er würde dort ohnehin nichts erfahren. „Wie läuft's?", fragte Raumann die Person am anderen Ende. „Muss, muss", entgegnete die. „Kannst du mir mit einer Adresse und einem Namen aushelfen? Die Person an den Stiegen hinten beim Gold-Stier. „Moment", knisterte es aus dem Hörer. „Silke Grunwald, Bahnhofplatz 7. Arg viel mehr wissen wir noch nicht. Unklar, ob es ein Unfall oder was anderes war."
„Ausgeraubt", fragte Raumann.
„Sieht nicht so aus. Hatte noch alles bei sich."
„Du hast was gut bei mir."
„Jaja. Ich weiß."
Dann knackte es in der Leitung.

Der Knetmeister 49

Das Haus war leicht zu finden. Es war nämlich das einzige weit und breit. Rundherum nur Baubrache und das mitten in der Stadt. Die Haustür schloss nicht richtig. „Schlecht", dachte sich Bächtle, die Jungs von der Droge hatten gesagt, Heroin käme zurück, „im ganz großen Stil" und dann eine unverschlossene Tür am Hauptbahnhof, am Eingang zur Innenstadt. Manche alten Menschen hatten wohl einfach eine gewisse Todesverachtung.

Den Geruch nach eingelagertem Kohl, der ihm im Hausflur entgegenschlug, roch man heutzutage auch nur noch selten. Im Briefkasten war nur die Zeitung von heute. Die anderen zwei Wohnungen schienen nicht bewohnt.

„Ganz oben, war ja klar", dachte Bächtle, während er, intensiv den Handlauf nutzend, die gefährlich knarrende Treppe hinaufstieg. Das funzelige Flurlicht flackerte, die Wohnungstüre ließ keine Einbruchsspuren erkennen. Die Türe war mehrfach abgeschlossen. In der Wohnung dauerte es mehrere Minuten, bis die Energiesparlampen auf Touren gekommen waren und Bächtle einen Eindruck gewinnen konnte. Es roch nach Kölnisch Wasser. Diesen Geruch mochte er nicht mehr so arg, seitdem er in Kindertagen bei einem Weihnachtsbesuch bei seiner Großtante auf Anraten seines älteren Bruders eine Flasche davon auf ex getrunken hatte. An die vorgezogene Heimfahrt, den Zustand des Wagens bei Ankunft und das enttäuschte Gesicht seiner Mutter konnte er sich noch bestens erinnern. Sein Bruder hatte damals natürlich alles abgestritten.

Streit schien auch Frau Grunwald gehabt zu haben. Bei genauerer Durchsicht scheinbar planloser verschiedener Papierstapel und Bergen von Zeitungsausschnitten, Leserbriefen und Aktenordnern, Infoblättchen von Bürgerinitiativen und Briefverkehr hauptsächlich gleicher Natur ergab sich ein gewisser Eindruck. Nämlich der, dass es hier ein handfestes Problem zu geben schien. In einen Ordner vertiefte sich Bächtle ein wenig länger. „Sedelhöfe" stand auf dem Deckel.
Er war reich befüllt. Angebote, Grundstücksverkauf, erneute Angebote, bittende Angebote, gute Angebote, sanfter Druck, Drohungen, „aus Versehen" abgebaggerte Stromleitungen, „leider längerfristig" vom Netz genommenes Telefon, „leider aufgrund sprachlicher Barrieren fehlinterpretierte Rückbauarbeiten am Zugangsweg zum Haus", „müssen Ihnen bedauerlicherweise mitteilen, dass es uns…". Anwaltsverkehr, Unterstellungen, Widersprüche, Gängeleien. Federführend schien hier das Büro des Baubürgermeisters gewesen zu sein.
Gerd Riedle.

Sonst in der Wohnung: wertloser Plunder, Fotos in Schwarz-weiß, darauf ein Mann mit Holzbein und Bierflasche, eine grün gekachelte Küche und ein blau gekacheltes Bad. Einem tiefen Gefühl folgend sah er auf die Uhr. Mittagszeit! Auf zum Prunk. War zum Glück nicht weit zu gehen.

Dort war wie immer die Hölle los. Die Kollegen waren auch schon da. „Griaß de, Hans", brüllte Bächtle, „wo isch d´r Schorsch?", „ka et komma, Gichtanfall, mir kasch no a Halbe brenga!" „Außerdem?", flötete die Bedienung. „Wie emmer, d'r Bauch mit am Gromberasalat ond zwoi Leberkäs", rief Bächtle und rieb sich die Hände.

Weit mehr eine Stunde später kehrte Bächtle zum Tatort zurück. Er merkte nun, dass er sehr früh aufgestanden war und das üppige Mittagessen tat ein Übriges. Er war schläfrig und der zähe Nebel drückte auf seine Stimmung. Die Gerichtsmedizin hatte sich per Telefon bei ihm gemeldet und berichtet, dass es keine Anzeichen von direkter Gewalt gegeben habe. "Was nichts heißen muss", hatte der Mediziner geheimnisvoll gesagt. Bächtle hatte geschnaubt, sich bedankt und aufgelegt.

52

Die Absperrungen weggeräumt, die Strahler demontiert, alles abtransportiert. Bächtle hatte nun vor, den vermuteten letzten bekannten Weg der alten Dame abzugehen und am Ende mit Lenders zu sprechen. Hatte der Alten jemand aufgelauert, war sie verfolgt worden? Gab es eine Vorgeschichte oder war es ein zufälliges unglückliches Aufeinandertreffen gewesen? Oder war sie einfach gestürzt? Das waren die schwierigsten Fälle.

Bächtle stromerte im Veitsbrunnenweg umher. Hinter ihm die wuchtige Rückfassade der Brauerei. Keine Videoüberwachung. Ungenutzte Lagerhäuser aus Backstein. Ein Eckhaus, bewohnt von Studenten und Jungvolk. Schon von den Kollegen befragt. Da sah keiner aus dem Fenster. Das Landratsamt, da war auch keiner mehr da gewesen. Putzkolonne schon durch. Baustelle: schon Feierabend. Eine einsame Flasche Kristall-Korn stand herum. Übles Zeug.

Bächtle wandte sich der Überführung zu. Mal oben nachsehen und dann weiter zum Knetmeister. Da ginge er ohne Anmeldung vorbei. Sowas war immer aufschlussreich. Reagierten die Menschen überrascht oder nicht? Der Überraschungsmoment setzte den Ermittler in eine Position der Stärke und konnte unsichere Täter zum Einknicken bringen.

Man würde sehen.
Die Beschau des mutmaßlichen Hinwegs zum Tatort ergab
ebenfalls nichts Auffälliges.

Die Praxis von Lenders war im Dachgeschoss einer Senio-
renresidenz integriert. Um dorthin zu gelangen, musste man
den Aufzug des Heims nutzen. Als sich die Schiebetüren des
Heims öffneten, strömte der typische abgestandene, säuer-
liche, überwärmte Altenheim-Geruch auf ihn ein. Im Eingangsbereich saß eine Oma auf einem Sofa und war einge-
schlafen, ihr Kopf war nach hinten gefallen und das obere
Gebiss halb aus dem Mund gerutscht. Ein wirres gegensätz-
liches Zähnefletschen bei erschlafftem Körper.

Bächtle kannte das Heim. Gelegentlich wurden sie in Heime
gerufen, wenn jemand „unerwartet" verstorben war. Hohl-
äugige Nachtschwestern servierten dann „Kaffe" aus Plastik-
vollautomaten und reichten Akten, während blasierte Jung-
Notärzte bramarbasierten.

Der Gang über die Dachterrasse zum Praxiseingang bot tatsächlich einen fantastischen Ausblick, bzw. hätte dies getan,
wenn nicht der zähe Hochnebel weiter entfernte Landschafts-
strukturen der Fantasie anheim gab.

54

Eine schwere Brandschutztür musste aufgezogen werden und Bächtle stand nun in einem mit grauem Teppich ausgelegten Wartebereich, in dem ein Kleiderständer mit zwei angehängten Mänteln, drei Stahlrahmenstühle und ein Glastisch mit Zeitschriften zu sehen waren. Zwei Türen führten vom Wartebereich in die Praxisräume. Bächtle lauschte und folgte einer Stimme.

„Ja, wissen Sie, Frau Lackmeier, so eine Schultergelenksprothesenspülung ist kein Zuckerschlecken."
„Wem sagen Sie das Herr Lenders, wem sagen Sie das."
Bächtle platze nun ins Behandlungszimmer: „Herr Lenders, wenn ich Sie bitte g'schwind sprechen könnte!"
„Wenn Sie bitte im Wartebereich Platz nehmen würden, bis ich fertig behandelt habe."
Bächtle liebte solche Momente.
Er zückte seinen Dienstausweis und hielt ihn Lenders unter die Nase. Selbstverständlich so, dass Frau Lackmeier ihn ebenfalls bestens erkennen konnte: „Nein, jetzt!", stellte er fest.
Lenders erbleichte und stammelte: „Was isch jetzt los?", nun deutlich beflissener, stand er schnell auf und führte Bächtle in den anderen Behandlungsbereich. Er schloss die Türe sorgsam hinter dem Kommissar.

„Ischt Ihnen eine Person mit dem Namen Silke Grunwald bekannt?", eröffnete Bächtle näselnd in sperrigem Polizisten-deutsch. Dabei beobachtete er Lenders unter halb geschlos-senen Augenlidern äußerst aufmerksam, versuchte dabei aber gleichwohl desinteressiert aus dem Fenster zu sehen.

Lenders Kinnlade fiel herab. „Der war's edda", dachte sich Bächtle. Lenders setzte sich auf die Therapieliege. „Ist ihr etwas zugestoßen?" „Jaaaaa", antwortete Bächtle gedehnt, „tot isch se, mausetot. Mir hätted da a baar Fraga. Bei Tö-tungsdelikten sent Sie von d'r Schweigepflicht entbunda, isch des etzt klar?"

Ein Notizbuch war in Bächtles Händen aufgetaucht: „Laut Frau Grunwalds Terminkarte hatte sie geschtern von 19 bis 19:30 Uhr hier an Termin bei Ihna. Isch des so korrekt?"

Lenders nickte nur.

„Ischt Ihnen dabei ebbes Ungewöhnliches aufgefallen? Hat sich Fr. Grunwald abweichend von ihrem sonschtigem Ver-haltna benommen? Medizinische Details interessiered mich nur, solange sie im Zusammenhang mit dem Tod von Frau Grunwald stehad."

„Sie schien noch verängstigter als sonst zu sein."

„Soso und was hat sie diesmal noch verängstigter sein lassen als sonst?"

„Sie hatte wohl irgendwelche Schwierigkeiten mit der Stadt."

„Sie hören Ihren Patienda wohl auch net recht zu, geht´s vielleicht etwas genauer?"

„Die Stadt will Grunwalds Grundstück und sie wollte es nicht verkaufen. Dann gab's zunehmend Ärger."

„Wie sah dieser Ärger aus?"

„Was weiß ich, nächtliche Anrufe, Drohbriefe, Gängeleien, sie hatte den Eindruck, dass jemand in ihrer Wohnung gewesen sei und dass sie verfolgt werde."

„Herr Lenders, können Sie mir sagen, wo Sie sich zwischen 19 und 22 Uhr gestern Abend aufgehalten haben? Soso Zuhause; kann des jemand bezeugen?"

„Nur meine Tomaten und meine Freundin."

„Verdammt luschtig, Lenders. Ich warne Sie. Bei Mord kenned mir koi Spaß ed, mir prüfad des."

„Wem sagen Sie das, Herr Bächtle, wem sagen Sie das, und wer unterschreibt mir jetzt die Heilmittelverordnung von Grunwald?"

Bächtle verließ die Praxis. Der Trottel von Physiotherapeut war's wohl nicht gewesen. Jedoch hatte der den Fokus auf das Baubürgermeisteramt erhärtet. Bei Gerd Riedle würde er morgen vorbeisehen.

Beim Hinauslaufen schlurfte ein hagerer Altenpfleger mit Koteletten und Ziegenbart an ihm vorbei. "Stuttgart" war auf seinem rechten Unterarm tätowiert. Ihm war, als hätte es nach Schwein, hochdosiertem preisgünstigem Parfüm und Sambuca gerochen.

„Bahnhofplatz 7, sagst du?" Raumann nickte. Er saß mit dem Lokalchef in dessen kleinem Büro und schilderte seine bisherigen Erkenntnisse. „Und der Penner will gesehen haben, wie jemand die Alte die Stufen runtergeschuckt hat?" Wieder nickte Raumann. „Das ist ein heißes Eisen", sagt der Chef. „Ich weiß von der Stadt, dass sie seit Ewigkeiten versuchen, dieses Haus zu bekommen – vergeblich. Die Alte will nicht verkaufen, aber die Stadt braucht das Grundstück unbedingt für die Sedelhöfe."
„Du meinst?"
Der Chef nickte. „Das ist zumindest nicht vollständig ausgeschlossen. Auch wenn ich das der Stadt nicht zutraue. Das wird der Aufmacher. Schreib rein, wer die Frau war und welche Rolle ihr Haus spielte."
Raumann stand auf und ging an seinen Rechner. Er öffnete Interred und verfluchte zum hundertsten Mal das neue Redaktionssystem. "Online-Vorspann ausfüllen" blinkte auf seinem Bildschirm auf. „Sollten die Onliner ihren Mist doch

selbst ausfüllen. Können doch eh keinen geraden Satz schreiben", dachte er sich und legte los. Die Überschrift hatte er schon: „Tod an den Stufen". Die Unterzeile lautete: „Musste diese Frau sterben, weil die Stadt ihr Haus benötigt?" Was Küppers ihm erzählt hatte, ließ er in dem Artikel unerwähnt. Er wollte erstmal sehen, was die Polizei rausfand.

Im Rheinischen

„Du hast was!?" Maatmann baute sich vor Lafarge auf. Die beiden saßen in der Sitzecke in Maatmanns Büro im fünften Stock eines Hochhauses im Kölner Stadtteil Ehrenfeld. Durch die Fenster konnte man in der Ferne den Dom und das Glitzern des Rheins sehen, doch Maatmann hatte keine Augen für die Stadt. Er stierte Lafarge an, der zusammengekauert in seinem Sessel saß und seine Kaffeetasse umklammerte. „Chef", piepste er, „ich habe keine andere Möglichkeit gesehen. Wir brauchen doch ihr Grundstück und die Stadt hat es vergeblich versucht."

Die Tat lag erst einen Tag zurück, doch Lafarge fühlte sich, als wäre es vor Wochen oder Monaten passiert; gleichsam in einem anderen Leben. Tagsüber hatte er kaum daran gedacht, aber als er im Bett gelegen hatte, war ihm alles noch einmal wie in Zeitlupe an den Augen vorbeigezogen. Es ging so schnell, und er hatte der Frau nicht ins Gesicht sehen müssen, das hatte es einfacher gemacht. Sie hätte doch eh nicht mehr lang zu leben gehabt, und er durfte auf keinen Fall seinen Job verlieren. Er hatte doch noch viel mehr von seinem Leben vor sich, und auch Pascal brauchte seinen Vater oder zumindest dessen Geld. Wenn er ehrlich zu sich war, hatte er seinen Sohn schon lange nicht mehr gesehen. Nach dem letzten Streit mit Mona vor drei Monaten hatte er sich nicht mehr gemeldet. Sie hatte ihm gedroht, Pascals Besuche zu streichen, wenn die Unterhaltszahlungen nicht regelmäßig kämen. Doch die verdammte Zockerei machte ihm immer wieder einen Strich durch die Rechnung.

Jetzt war er ein Mörder. Er hatte sich immer gefragt, wie solche Menschen damit klarkommen – mit dem Wissen, einem anderen Menschen das Leben genommen zu haben, Herrscher über Tod und Leben zu sein. Doch er fühlte sich weder sonderlich erhaben, noch hatte er Gewissensbisse. Sie hatte weder Geschwister noch sonstige Familie, und der Mann war auch schon lang unter der Erde. Jetzt war sie halt etwas früher gestorben, und es ging ja auch alles sehr schnell. Er war sich sicher, dass ihn niemand bei der Tat beobachtet hatte, dafür war auch der Nebel zu dicht gewesen. Ein Unfall. Eine alte Frau auf dem Nachhauseweg, unglücklich gestürzt. Das passierte immer wieder.

In diesem Fall hatte er eben etwas nachgeholfen, und er war sich ziemlich sicher, dass sein Plan aufgehen würde. Das Grundstück würde, wie im Testament beschrieben, an den SSV Ulm gehen, der dann damit tun konnte, was er wollte. Und was sollte ein klammer Verein schon mit einem Haus mitten in einer Baubrache, zumal der erste Vorsitzende Riedle hieß. Der Verein würde das flugs verkaufen, die Stadt das Gebäude abreißen, und endlich könnte ihre Firma mit dem Bau beginnen, und das Geld würde fließen – auch weiter auf sein Konto.

„Warum erzählst du mir sowas? Warum machst du mich zum Mitwisser?" Maatmanns Stimme riss ihn aus seinen Gedanken. „Naja, ich brauche euer Alibi", hörte er sich sagen. „Riedle und du, ihr wollt schließlich auch, dass gebaut wird. Falls irgendjemand was wissen will, sagt ihr einfach, ich war bei euch im Zimmer." Maatmann ließ sich wieder in seinen Sessel fallen und blickte aus dem Fenster.
„Hat dich jemand gesehen?"
„Nein."
„Sicher?"
„Ja."
„Dir ist klar, wenn da irgendwas rauskommt, lass ich dich fallen. Ich werde deswegen sicher nicht einwandern."
„Ist klar, Boss. Ich will doch nur, dass es hier weitergeht. Dass endlich gebaut wird."
„Gut. Geh jetzt."
„Danke, Boss."

62

Maatmann erhob sich ebenfalls aus seinem Sessel und ging zu seinem Schreibtisch. Er griff zum Telefon und wählte eine Nummer.

„Riedle", kam es aus Hörer.

„Maatmann."

„Ah, der Herr Maatmann. Wie isch die Luft in Köln?"

„Ausgezeichnet, aber deshalb rufe ich nicht an."

Münchner Straße 63

Riedle schwitzte. Er blickte aus dem Fenster in die Münchner Straße und sah den Wolken zu, wie sie langsam über den Himmel zogen. Nichts konnte sie aufhalten oder stoppen, dachte er. Sie waren einfach da und wurden vom Wind über den Himmel getrieben. Riedle sah auf seine Breitling-Uhr: 8.55 Uhr. In fünf Minuten würde Kommissar Bächtle kommen. Er hatte tags zuvor angerufen und sich angekündigt.

Es war gewöhnlich nicht Bächtles Stil, er liebte es, die Leute unvorbereitet anzutreffen. Ihr Verhalten in solchen Situationen war immer sehr aufschlussreich.

Aber in Riedles Fall hatte er befürchtet, den Baubürgermeister nicht anzutreffen.

Riedle malte sich schon aus, wie der Tratsch im Haus losgehen würde, wenn es die Runde machen würde, dass er Besuch von der Polizei bekommen hatte. Und das war vollkommen klar: Es würde die Runde machen, schließlich müsste der Kommissar an seiner geschwätzigen Sekretärin Frau Dobler vorbei. Er dachte an das Telefonat vom Vorabend. Maatmann hatte ihn instruiert zu lügen. Er solle beteuern, dass Lafarge den gesamten Abend mit ihnen verbracht hatte.

64

Als er aus der Zeitung von dem Todesfall erfahren hatte, hatte er sofort vermutet, dass die Frau nicht eines natürlichen Todes gestorben war. Immerhin war Lafarge für einige Zeit nicht im Raubvogel gewesen. Der Tod der Frau hatte verschiedene Gefühle in ihm ausgelöst. Zum einen Freude, dass die alte Hexe endlich weg vom Fenster war. Aber da war auch ein ungutes Gefühl in der Magengegend, das er nicht genau einordnen konnte.

Er ahnte, dass mit dem Projekt bald etwas geschehen würde, und dass auch seine Karriere damit eine neue Wendung bekommen würde. Sein Name war so sehr mit den Sedelhöfen verbunden, dass er mit diesem Projekt entweder fallen – oder sich für kommende, höhere Aufgaben empfehlen würde.

Maatmanns Bitte (es war mehr ein Befehl gewesen) zu schweigen, beziehungsweise eine unwahre Aussage zu machen, widersprach eigentlich seinem Ursprungsgefühl, die Wahrheit zu sagen, sollte ihn jemand danach fragen. Doch Maatmann hatte sehr klar gemacht, dass er in diesem Fall vom Projekt zurücktreten würde. Und das konnte er sich einfach nicht leisten. Er würde rausfinden, was im Testament der Alten verfügt war, aber durch ihren Tod waren die Chancen, das Projekt doch bald beginnen zu können, deutlich gestiegen.

Er würde jetzt also einen Polizisten belügen müssen, zumal noch Kommissar Bächtle, der in der Stadt den Ruf eines zwar gemächlichen, aber gründlichen Ermittlers hatte, der auch komplizierte Fälle lösen konnte.

In seiner Sprechanlage knackte es. „Der Herr Kommissar wäre dann da", hörte er die Stimme seiner Sekretärin. „Soll reinkommen", sagte er und merkte dabei, wie dünn seine Stimme klang.

Die Tür ging auf und Bächtle betrat den Raum. Die beiden Männer betrachteten sich einen Moment, dann sagte Riedle: „Nehmen Sie doch Platz, Herr Kommissar." Er wies mit der Hand auf eine kleine Sitzecke mit einem niedrigen Tisch nahe des Fensters. „Danke", sagte Bächtle und setzte sich in einen der beiden Sessel. Riedle ließ sich ihm gegenüber nieder. Er versuchte Bächtles Blick standzuhalten und merkte, wie er zu schwitzen begann. Würde sein Gegenüber das bemerken? Bächtle wartete einen Moment, der Riedle vorkam, wie mehrere qualvolle Minuten, dann sagte er: „Wo warat Sie vorgeschtern Abend? So gega 18 und 22 Uhr?"
„Ich?"
„Sehad Sie dahanna no jemand? Ja, nadürlich Sie."
„Also, äh, ja, ich hatte ein Arbeitsessen mit einem Investor.

Aber was genau führt Sie denn zu mir?"

„Die Fraga stell i. Mit wem hend Sie dieses Essa ghed?"

„Das war mit einem Investor für ein Bauprojekt in Ulm."

„Könnet Sie des au etwas gnauer erklära?" Bächtle blickte Riedle genervt an und fragte sich, warum die Menschen so begriffsstutzig waren. Dann blickte er aus dem Fenster und blätterte beiläufig in seinem Notizblock. Schließlich nahm er seinen Füller und begann, schnell zu schreiben.

„Was schreibt er da nur?", dachte sich Riedle. „Habe ich schon etwas verraten?" Er merkte, wie sein Hemd langsam unter den Achseln feucht wurde.

„Das waren die Herren Maatmann und Lafarge von der Maatmann Project CE aus Köln."

„Darf mr fraga, was d'r Inhalt des Gschbrächs war?"

„Es ging um die Sedelhöfe. Wir haben den aktuellen Stand besprochen."

Bächtle sagte nichts und blickte nur zu Riedle. Mit seiner Hand vollführte er eine ermunternde Geste.

Riedle räusperte sich und fuhr fort: „Wir würden gerne bald mit dem Bau starten und haben die Möglichkeiten eruiert, eine Schlüsselimmobilie zu akquirieren."

„Was für ein blasiertes Geschwätz", dachte sich Bächtle. Typisch Stadtspitze. Stattdessen sagte er: „Und es handelt sich

ed zufällig um des Haus einer gewissa Frau Grunwald?"
Riedle nickte nur.

„Sie wissad, dass die Frau verstorba isch?"

Riedle nickte erneut. „Ich hab es aus der Zeitung erfahren."
Er biss sich auf die Zunge. Im Südanzeiger war der Name der
Toten nicht erwähnt gewesen.

Bächtle tat so, als hätte er nichts bemerkt und fuhr fort:
„Guad. Und des führt mi zu Ihna. Mir müssat prüfa, ob die
Frau an natürlicha Tod gschdorba isch oder ed."

„Sie meinen?" Er brach ab.

„Genau, des moin i. Welche Rolle hat des Grondstück gnau
gschbielt?"

„Nun ja, gebaut werden könnte wohl auch ohne ihr Grundstück, aber schöner wäre es schon mit ihrem."

„Soso, scheener, ja?"

„Mhm."

„Wärad die neua Pläne durch d' Gmoinderat ganga?"

„Diese Frage kann ich nicht beantworten."

Bächtle nickte. Riedle wand sich in seinem Sessel.

„Ond dieses Essa", fragte Bächtle, „wie lang gnau wared Sie
da?"

„Ich muss so kurz nach 18 Uhr dort gewesen sein und von da
an etwa drei Stunden."

„Und Sie warat da die gsamte Zeit zu dritt?"

Riedle schluckte. „Ja", kam es leise aus ihm heraus.

Bächtle notierte etwas in seinem Block. „Was bassiert etz mit dem Grondschdück?"

„Das wissen wir nicht. Bislang ist keiner an uns herangetreten. Natürlich würden wir es gerne kaufen."

Bächtle klappte sein Notizbuch zu, erhob er sich und sagte: „I dank Ihna, dass Sie sich Zeid gnomma hennt. Rufad Sie mi o, wenn Ihna no ebbes oifällt."

Riedle nickte. Er zwang sich, sich seine Erleichterung nicht zu sehr anmerken zu lassen. Nachdem Bächtle das Büro verlassen hatte, öffnete er das Fenster und die oberen beiden Knöpfe seines Hemdes. Er schwitzte.

Bächtle ging gemächlichen Schrittes zurück in Richtung Neuem Bau. Der Riedle hatte was zu verbergen, so viel war ihm klar. Woher hatte er so schnell gewusst, dass es die Grunwald war, die gestorben war? Schließlich war in der Zeitung kein Name erwähnt gewesen. Gut, manchmal stachen Leute aus der Polizeispitze Dinge ins Rathaus durch, aber auffällig war es dennoch. Zudem hatte der Mann stark geschwitzt.

Jetzt würde er erstmal einen Bericht über das bisher Bekannte verfassen und dann weitersehen. Gut möglich, dass dieser Fall noch interessant werden könnte. Er betrat den Neuen

Bau und nickte dem Polizisten am Empfang hinter der Glasscheibe zu. Dieser tippte sich an seine Mütze. In seinem Büro fand er einen Zettel auf seinem Schreibtisch. „Notar Schulz bittet um Rückruf." Darunter war eine Nummer notiert, die Bächtle sogleich in sein Tischtelefon tippte. Der Notar hatte eine sonore Stimme und bedankte sich für den Rückruf. „Herr Bächtle, ich kümmere mich um das Testament der Silke Grunwald. Wir haben heute von der Polizei von ihrem Tod erfahren. Und ich habe den Bericht im Südanzeiger gelesen. Handelt es sich um dieselbe Frau?"

„Ja."

„Halten Sie es für möglich, dass die Frau umgebracht wurde?"

„Möglich isch vieles."

Der Notar zögerte einen Moment, dann antwortete er: „Das ist wahr. Jedenfalls wollte ich Sie darüber informieren, dass das Grundstück der Dame an den Schwimm- und Sportverein 1618 Ulm übergeht."

Bächtle zog einen Block heran und kritzelte „Grundstück -> SSV 1618" darauf. „Und was bedeutet das?"

„Das kann ich Ihnen nicht sagen. Aber vielleicht hilft Ihnen diese Information ja."

„Ja, mir werdat seha. Viela Dank."

„Gern geschehen."

Nachdem Bächtle aufgelegt hatte, fuhr er seinen Computer hoch und öffnete seinen Browser. Er tippte „SSV 1618 Ulm" in das Suchfeld.

Die Seite des Vereins lud. Bächtle klickte auf den Reiter "Vorstand". Dort stand: „Erster Vorsitzender: Gerd Riedle". Die Sache wurde langsam heißer. Er ließ sich einen Kaffee bringen und massierte seine Schläfen. Gestern war er zeitig zu Bett gegangen, doch der lange Tag mit dem frühen Aufstehen steckte ihm noch in den Knochen. Er fragte sich, wie lange er diesen Beruf wohl noch machen könnte und sehnte sich nach Urlaub – eigentlich ein Dauerzustand für ihn.

Noch immer war ihm unklar, ob Grunwald wirklich die Treppen hinuntergestürzt war oder ob nicht jemand nachgeholfen hatte. Ihm war mittlerweile klar, wie eng das Grundstück mit dem Schicksal der Sedelhöfe verbunden war. Ein Motiv hätten demnach alle dort Involvierten haben können. Riedle war ziemlich nervös gewesen. Zudem war es ein seltsamer Zufall, dass die Frau starb und ihr Haus ausgerechnet an einen Verein ging, dessen erster Vorsitzende der Baubürgermeister war. Und was war mit Lafarge und Maatmann? Welche Rolle spielten sie?

Seine Sekretärin hatte er gebeten, alles zusammenzutragen, was in den vergangenen Monaten über die Sedelhöfe im Südanzeiger gestanden hatte. Er würde tiefer einsteigen müssen. Er selbst hatte sich nicht so genau mit dem Projekt beschäftigt, in seiner Freizeit pflegte er, andere Dinge zu tun. Nun saß er gebeugt über den Kopien von Zeitungsausschnitten und allmählich entstand vor seinem inneren Auge ein Bild des Projekts.

Die Stadt hatte lange geplant, das Gebiet gegenüber dem Bahnhof aufzumöbeln und dafür still und heimlich den Chef des Liegenschaftsamts losgeschickt. Der hatte nach und nach fast alle Grundstücke kaufen können. Der Stadt war, wie immer, nichts Besseres eingefallen, als auf dem Gebiet einen Shoppingtempel und einige Luxuswohnungen errichten zu wollen. „Grasdaggel", dachte Bächtle bei sich und schlürfte von seinem Kaffee, verbrannte sich dabei aber den Mund. „Herrgottzack", entfuhr es ihm. Nachdem er eine Weile vor sich hin geflucht hatte, zwang er sich, die Zeitungen weiter zu studieren. Die Stadt war dann eine Liaison mit einem Investor aus Köln eingegangen, einem gewissen Maatmann, der sich darauf spezialisiert hatte, Shoppingmalls zu bauen. In einem Bericht war er gemeinsam mit dem OB abgebildet. Maatmann war ein kantiger Mann mit undurchdringlichem

Gesicht. Neben dem Bericht war ein Kommentar von Franz-Uli Mierer, dem Lokalchef: „Nötiger Impuls für die City". Darin wurde die Weitsichtigkeit der Stadt gelobt und auf ein örtliche Bürgerinitiative eingeprügelt, die Verbesserungen bei dem Bauprojekt Sedelhöfe forderte. Das Wort „Querulanten" stand auch darin.

Aus weiteren Artikeln erfuhr er, dass es wegen eines Grundstücks, das die Stadt nicht kaufen konnte, zu Verzögerungen gekommen war. Der Baubeginn war verschoben worden. Es waren abgespeckte Varianten diskutiert worden, doch eine Mehrheit dafür war im Gemeinderat keineswegs sicher. Es sah so aus, als wäre Sand ins Getriebe geraten, als stünde das Projekt auf der Kippe.
Wenig später las er einen anderen Bericht, in dem es um eine Infoveranstaltung der Bürgerinitiative ging. Dort war auch von einer gewissen Rita Meßmer die Rede, einem Mitglied der Bürgerinitiative. „Da schau her", dachte sich Bächtle, „die könnte ich mal aufsuchen. Außerdem muss ich mehr über die Maatmann Project CE herausfinden."

Er bemerkte, wie sein Magen langsam zu knurren begann und warf einen Blick auf seine Armbanduhr. 11:45 Uhr. Höchste Zeit, sich auf den Weg zum Metzger Prunk zu machen.

Als er zurückkam, lagen schon weitere Unterlagen auf seinem Schreibtisch. Sein jüngerer Kollege Wildner hatte, wie aufgetragen, die Eintragungen aus dem Grundbuchamt geholt. Er wollte sich mal genauer anschauen, was es mit dem Grundstück der Grunwald auf sich hatte. Das Ding war unbelastet, ohne Hypotheken. Es würde also tatsächlich vollständig in den Besitz des Sportvereins gehen und der könnte damit tun, was er wollte. Bächtle lehnte sich zurück. Der Weg für die Sedelhöfe war frei.

Wer könnte noch etwas über die Sedelhöfe wissen? Meßmer könnte er aufsuchen, klar, aber vielleicht war es auch nicht so verkehrt, den Raumann vom Südanzeiger mal zu sprechen. Zur Presse hatte er zwar nicht den allerbesten Draht, aber einen Versuch war es wert. Er nahm sein Telefon in die Hand.

„Südanzeiger, Raumann."

„Kripo Ulm, Bächtle." Er gab sich Mühe hochdeutsch zu sprechen.

„Oh."

„Ja."

„Wie kann ich behilflich sein?"

„Ich ermittel im Fall der Grunwald."

„Ja, ist mir zu Ohren gekommen."

„Soso."

„Naja, man hört sich halt um."

„Wenn Sie sich umgehört haben, können Sie mir vielleicht auch verraten, was Sie so wissen."

„Seit wann ruft die Polizei bei der Presse an? Das läuft doch üblicherweise umgekehrt. Da müssen Sie mir schon auch was liefern."

„Jetzt reißen Sie sich mal zusammen! I ermiddel dahanna en am Todesfall!"

„Das ist mir durchaus bewusst", entgegnete Raumann kühl. „Aber auch ich muss meine Quellen schützen. Und im Ernst: Es gibt einiges, was dafür spricht, dass die Alte keines natürlichen Todes gestorben ist."

„So weit bin ich auch schon, Herr Raumann."

„Vielleicht sehen Sie sich mal das Projekt etwas näher an, ich glaube, da stimmt was nicht."

„Aha."

„Ja."

„Na dann."

„Ja, bis bald." Bächtle knallte den Hörer auf die Anlage und ärgerte sich, dass er überhaupt angerufen hatte. Diese eingebildeten Typen von der Journalie. Hielten sich wohl für besonders schlau. Aber hier war immer noch er der Polizist – und dem Raumann würde er schon zeigen, wie man so einen Todesfall aufklärte.

Am Eselsberg

Meßmer wohnte in einem dieser seltsamen Wohngebiete, die man nach dem Krieg am Stadtrand gebaut hatte. „Am Bergle" hieß die Haltestelle. Er hatte heute mal den Bus genommen, was ungewöhnlich für ihn war, aber was war das nicht in diesen Tagen. Er hatte sich telefonisch angekündigt, und Meßmer hatte ihm versichert, ihn zu empfangen.

Es hatte etwas aufgeklart, und das erste Mal seit fast einer Woche konnte man eine Ahnung davon bekommen, dass auch über Ulm hin und wieder die Sonne schien. Seine Stimmung hob sich ein wenig, und er ging festen Schrittes vorbei an gepflegten Vorgärten und gewaschenen Autos und erreichte schließlich die angegebene Adresse. „Klingel kaputt", stand an der Tür, und so blieb Bächtle nichts anderes übrig, als an der Tür zu klopfen.

Ihm öffnete eine freundliche Frau, die er auf Anfang 60 schätze. „Ach, der Herr Kommissar, kommen Sie doch rein", sagte sie. „Gerne", brummte Bächtle und trat in ein Wohnzimmer mit einem langen Sideboard und jeder Menge Kinderspielzeug auf dem Boden. Vermutlich von den Enkeln, dachte er sich und nahm auf einer etwas harten Couch Platz. „Kaffee?" „Gerne. Mit zwoi Löffel Zuggr, bidde."

Als Meßmer mit dem Kaffee zurück war, begann Bächtle. „Hörad Sie, Frau Meßmer, I will Ihre Zeit et übermäßig strabbaziera, aber I ermiddel en am Todesfall und mir stellad sich da oinige Fraga."

„Ja, ich habe davon in der Zeitung gelesen. Meinen Sie wirklich, dass das stimmen könnte?"

„Was I glaub, isch ed maßgeblich, mei Aufgab isch's den Fall zum lösa."

„Gewiss. Wenn ich mir so anschaue, wer da die Fäden zieht, kann ich mir durchaus vorstellen, dass da nicht alles mit rechten Dingen zugeht. Und dann noch diese Verschwendung von öffentlichem Raum und die geheuchelte Bürgerbeteiligung."

Bächtle merkte, dass Meßmer in Fahrt kam und versuchte, sie sanft wieder zurück zu seinem Anliegen zu bringen. „Entschuldigen Se, dass I unterbrech, aber wieso glaubed Sie, dass da ed alles mit rechda Dinga zugod?"

„Na, sehen Sie sich mal die Leute an, die an dem Projekt beteiligt sind. Alles Gangster. Hier habe ich Bilder von unserer Infoveranstaltung. In der letzten Reihe saß der schmierige Maatmann und neben ihm so ein unsympathischer Typ in einem grünen Mantel. Ganz obskure Gestalten."

Meßmer kramte einige Fotos aus einer Mappe und hielt sie Bächtle hin.

Der Mann im grünen Mantel sah tatsächlich nicht besonders sympathisch aus. „Lafarge heißt der", sagte Meßmer. Das ist die rechte Hand von Maatmann, der Mann fürs Grobe. Der hat genau geschaut, was wir erzählen und Fotos von uns gemacht. Dem trau ich nicht über den Weg", sagte Meßmer.

„Darf I die Foddos mitnehma?", fragte Bächtle. „Sie kriegat die au wiedr."
„Natürlich", sagte Meßmer. „Denken Sie, dass er was damit zu tun haben könnte?"
„Mir prüfad alle Hinweise. I wünsch a scheena Tag." Bächtle erhob sich, ächzend und ging zur Haustür.
„Sie hörad von uns. Und dangge."

Zurück im Neuen Bau schloss Bächtle die Bürotür hinter sich und bat die Sekretärin, keine Anrufe durchzustellen. Er wollte in Ruhe nachdenken. Er würde die Kollegen in Köln bitten, Lafarge genauer zu befragen. Neben Riedle waren er und Maatmann die Hauptverdächtigen. Er wählte die Nummer der Kripo in Köln. Von einem Lehrgang kannte er dort noch einen Kollegen, Laurenz Weißer.

„Weißer."

„Bächtle"

„Ah, Joseph! Lange nichts gehört. Wie geht's dir?"

„Na ja", sagte Bächtle und bemühte sich, Hochdeutsch zu sprechen. „Der Nebel hier ist zäh. Aber sonst geht's. Und selbst?" Er bemerkte, wie unnatürlich sein Deutsch klang, wenn er nicht Schwäbisch sprach. Er mühte sich von Silbe zu Silbe und war erstaunt, wie weit er den Mund öffnen musste, wenn er normales Deutsch sprach.

„Kann nicht klagen, hier ist alles in Ordnung. Du weißt doch: Et hat noch immer jot jegange."

Bächtle lachte. Das war etwas, was er lange nicht mehr getan hatte. Die Kölner Unbekümmertheit gefiel ihm, auch wenn er sie mit seinem schweren Gemüt kaum nachvollziehen konnte.

„Hör mal, Laurenz. Ich ermittel hier in einem möglichen Mordfall, und zwei der Verdächtigen sitzen in Köln. Könntet ihr die mal für mich befragen?" Bächtle schilderte die Einzelheiten und seinen aktuellen Kenntnisstand. Weißer versicherte, der Sache nachzugehen und sich wieder zu melden.

Überschneidungen

Der Wecker riss Bächtle aus seinen Träumen. Er hatte unruhig geschlafen und seltsam geträumt. Riedle war plötzlich sein Vorgesetzter gewesen und hatte als erste Amtshandlung alle Dienstwagen abgeschafft. „Von nun an fahren alle Fahrrad", hatte er getönt. „Das ist viel gesünder." Außerdem hatte er angedroht, mit der Abteilung umzuziehen. Man müsse mit der Zeit gehen und raus aus diesem alten muffigen Gebäude.

Nun lag Bächtle wach und dachte darüber nach, wie sehr er das muffige, alte Gebäude, den Neuen Bau, mochte. Natürlich waren die Zimmer klein und etwas dunkel, aber die dicken Mauern hatten auch etwas Beruhigendes und Erhabenes.

Grübelnd erhob er sich und schlurfte in die Küche. Er fluchte, weil er vergessen hatte, die Kaffemaschine reparieren zu lassen und setzte sich missmutig an den Küchentisch. Er starrte aus dem Fenster. Ein weiterer grauer Wintertag, auch wenn der Nebel des Vortages verschwunden war. Sehnsüchtig dachte er an seinen letzten Urlaub auf Sri Lanka zurück und die Wärme. Dann fiel sein Blick auf ein Foto über dem Küchentisch. Darauf war ein junge, blonde Frau zu sehen, die keck in die Kamera lachte. „Schon lange nichts von Sandra gehört", dachte er bei sich und beschloss, seine Tochter am Abend mal wieder anzurufen.

Seine Gedanke schweiften zurück zum Fall Grunwald. Die Gerichtsmedizin hatte den Todeszeitpunkt auf den frühen Abend festgelegt, genau die Zeit, in der Maatmann, Riedle und Lafarge ihr Arbeitsessen im Raubvogel hatten. Bislang hatte Riedle angegeben, dass die drei gemeinsam und die gesamte Zeit im Raubvogel gewesen waren. Wenn einer von ihnen der Täter war, dann deckten sie sich vermutlich gegenseitig. Dass Riedle so geschwitzt hatte, sprach dafür, dass er gelogen hatte. Ihm traute er gleichwohl keinen Mord zu. Schon eher den anderen beiden. Er würde im Raubvogel vorbeischauen und hoffen, dass sich Weißer aus Köln bald mit den Aussagen von Lafarge und Maatmann meldete.

Allzu viel Zeit hätte er allerdings nicht mehr mit seinen Ermittlungen, denn sein Vorgesetzter hatte ihn an den Berg unbearbeiteter Fälle erinnert und gemahnt, dass entweder bald Ergebnisse kommen müssten, oder er den Fall zu den Akten legen solle. Für einen gewöhnlichen Todesfall, bei dem keine Anzeichen von direkter Gewalt gab, waren nicht mehr als zwei bis drei Tage eingeplant. Aber sein Gefühl sagte ihm, dass es sich lohnte, am Ball zu bleiben.

Wie lange würde man brauchen, um vom Raubvogel nach Ulm zu fahren, ein alte Frau die Treppen hinunterzustoßen und dann wieder zurückzufahren? Er würde es prüfen, auch wenn der Verkehr am Morgen ein anderer war. Außerdem könnte er so noch mit den Angestellten des Raubvogel sprechen und sich die Speisekarte des Gasthofes etwas näher ansehen. Das Restaurant hatte ja einen guten Ruf, selbst hier in Ulm.

Er verließ die Wohnung und steuerte seinen Wagen an den Michelsberg. Dort hielt er mit dem Wagen am oberen Ende des Treppenlaufs, an dem man die Grunwald gefunden hatte, und sah auf die Uhr. 9:30 Uhr. Er fuhr gemächlich und lenkte seinen Wagen knapp eine halbe Stunde später auf den Parkplatz des Raubvogels. Unterwegs war ihm aufgefallen, wie viele Blitzer auf dem Weg nach Langenau angebracht waren, jedenfalls dann, wenn man die Landstraße nahm und nicht den weitaus längeren Weg über die Autobahn.

Der Gasthof machte einen gepflegten Eindruck, er war in einem frischen Gelb gestrichen, die Fenster waren geputzt und rings um das Haus waren kleine Kräuterbeete gepflanzt. An einem Seiteneingang sah er einen großen Mann mit kräftigen Backenknochen in einer weißen Schürze, der ihn musterte und hektisch an einer Zigarette zog. Bächtle trat heran und stelle sich vor.

„Bächtle, Kriminalpolizei Ulm, arbeited Sie dahanna?"

Sein Gegenüber nickte. „Ich helfe in der Küche, immer viel los und wenig Zeit."

Bächtle grunzte. „S' kenn i. Sehad Se, mir ermittlad in einem Todesfall ond i muss roudinemäßig abklära, ob letschda Donnerschdag dahanna drei Leud gwea sind – ond wie lang."

„Letzen Donnerstag? Da hab ich nicht gearbeitet. Aber kommen Sie doch mit in die Küche, ich glaube Ralf war Donnerstag da."

In der Küche herrschte reger Betrieb. Überall wuselten Menschen in weißen Schürzen rum, Töpfe klapperten, in den Pfannen zischte es und es lag ein Geruch von gebratenem Fleisch und Gemüsefond in der Luft."

„Warten Sie hier", sagte der Mann mit den Backenknochen zu Bächtle und durchquerte die Küche.

Wenig später kamen zwei Männer auf ihn zu, ein kleinerer mit dickem Bauch und gutmütigem Lächeln, er stelle sich als einer der Betreiber des Gasthofes vor und ein dürrer Mann mit knochigen Händen.

„Lassen Sie uns doch in den Nebenraum gehen", sagte der Mann mit dem dicken Bauch. „Da können wir uns in Ruhe

unterhalten."
Bächtle nickte.
„Also, wie können wir Ihnen helfen?", fragte der Chef Bächtle, als sie in einem Nebenraum Platz genommen hatten. Bächtle wiederholte, was er dem Mann mit den Backenknochen schon gesagt hatte.
„Letzten Donnerstag, gegen 18 Uhr" sagen Sie?"
„Ja."
„Wir hatten diesen Raum hier für drei Herren reserviert. Der Ulmer Baubürgermeister hatte den Raum bestellt. Für drei Personen. Aber über die anderen beiden weiß ich nichts – du, Ralf?" Er blickte seinen Mitarbeiter an.

„Ja, die kamen mit einem Auto mit Kölner Kennzeichen. Das weiß ich, weil ich gerade eine rauchen war. Und das Kennzeichen war so speziell. ,K – KK' und dann ein paar Zahlen. Einer der beiden trug einen grünen Mantel, der andere Anzug, soweit ich mich erinnern kann."
Bächtle kritzelte in seinen Notizblock. „Isch Ihna irgendwas aufgefalla an dena?"
„Ich hab dem nicht so viel Bedeutung beigemessen, weil wir ja oft Gäste von außerhalb haben. Aber eine Sache war seltsam. Als ich anderthalb Stunden später noch mal rauchen war, war das Auto nicht mehr auf dem Parkplatz, obwohl die

Gäste kurz zuvor drei Desserts bestellt hatten."

„Sent Sie sich da sichr?"

„Ja, ich hab nach dem Kennzeichen Ausschau gehalten, weil ich mit Joel rauchen war und es ihm zeigen wollte. Aber es war nicht mehr da."

Bächtle nickte. „Guad. I dank Ihna. Sie hand uns sehr gholfa." Er wandte sich wieder an den Mann mit dem Bauch. „Ond gschlafa hand die dahanna edda?"

„Es war ein Zimmer gebucht, auf einen gewissen Herrn Maatmann, aber er hat es stornieren lassen. Das war am Abend gegen halb neun."

„Könnet Sie den genau Zeitpunkt für mich rausucha?"

„Natürlich. Die Herren sind jedenfalls abgereist."

Als Bächtle zurück in den Neuen Bau kam, lag ein Zettel auf seinem Schreibtisch. „Kriminalrat Weißer aus Köln bittet um Rückruf", stand darauf. Bächtle klemmte sich sofort hinter den Hörer.

„Hallo Laurenz, konntet ihr was rausfinden?"

„Also, der Kerl beteuert, gemeinsam mit Maatmann und dem Riedle im Zimmer gewesen zu sein. Aber so ganz koscher ist der nicht. Hat stark geschwitzt bei der Befragung – und er roch ziemlich nach Alkohol."

„Aha, vielen Dank. Ja, sieht so aus, als ob das nicht stimmt. Einer der Mitarbeiter aus dem Gasthof sagt, dass ihr Auto für einige Zeit vom Parkplatz verschwunden war."

„Würde passen, wenn er flunkert. Und noch was: Wir haben uns mal ein wenig in seinem Privatleben umgesehen. Sieht nicht so doll aus. Hochverschuldet, Streitigkeiten mit der Ehefrau. Sorgerechtsentzug für seinen Sohn."

„Interessant."

„Ja, und da ist noch was. Maatmann, für den Lafarge arbeitet, hat ebenfalls das Wasser bis zum Hals. Das Projekt in Ulm ist ziemlich wichtig für ihn."

„Oh. Du meinst, er steckt in finanziellen Schwierigkeiten?"

„Genau. Und auch er gibt an, die gesamte Zeit im Raubvogel gewesen zu sein."

„Vielen Dank, Laurenz. Du warst mir eine große Hilfe. Und auf bald!"

„Ja, auf bald Joseph, mach's gut und sag Bescheid, wenn du noch was brauchst."

Bächtle wippte in seinem Bürostuhl. Das tat er immer, wenn er nachdenken wollte. Langsam war klar, dass einer der drei Männer log – oder alle drei. Wenn den Aussagen des Personals vom Raubvogel zu glauben war, und daran zweifelte er nicht, dann hatte einer der drei die Besprechung verlassen.

Vermutlich entweder Maatmann oder Lafarge, denn es war ihr Auto, das zwischenzeitlich vom Parkplatz verschwunden war.

Er war also durchaus möglich, dass jemand mit dem Wagen vom Raubvogel zum Tatort gefahren war, Grunwald umgebracht hatte und dann wieder zurück zum Gasthof gefahren war. Er war die Strecke selbst abgefahren und hatte gesehen, dass die reine Fahrzeit je nach Verkehr zwischen fünfzig Minuten und einer Stunde lag. Die Besprechung hatte um 18 Uhr begonnen, Grunwald die Praxis um 19:30 verlassen. Den Aussagen des Küchenpersonals zufolge hatte um etwa diese Zeit der Wagen mit dem Kennzeichen „K-KK" nicht mehr vor dem Gasthof gestanden. Eine Stunde später waren Lafarge und Maatmann abgereist.

Plötzlich hatte Bächtle eine Idee. Einen Versuch war es wert. Er wählte die Nummer des Landratsamtes und ließ sich mit einer Sachbearbeiterin für Radaranlagen verbinden. Die beiden telefonierten kurz, und die Frau versprach, sich so bald wie möglich zu melden, auf jeden Fall aber noch heute.

Bächtle verließ sein Büro und schlenderte über den Münsterplatz. Er hatte Lust auf ein Stück Kuchen. Er betrat das Café

Trüblein und erinnerte sich sofort an sein erstes Treffen mit Luisa, seiner Ex-Frau. An dem Tisch hinten im Eck hatten sie gesessen, sie in einem schlichten blauen Kleid, er in Hemd und Sakko, was viel zu warm gewesen war, schließlich war es Sommer gewesen. Er hatte vor Aufregung geschwitzt und auch ein wenig gezittert, doch ihr Lächeln hatte ihn beruhigt.

Jäh wurde Bächtle aus seinen Gedanken gerissen. Ihm gegenüber stand eine Angestellte in einer gestärkten Schürze und fragte zum dritten Mal, was er denn wolle.
„Kuchen", stammelte Bächtle.
Die Frau verdrehte die Augen. „Und welchen?"
„Nuss."

Bächtle fingerte einen Schein aus seinem Geldbeutel und reichte ihn der Angestellten. Die sah ihn abschätzig an, gab ihm das Wechselgeld und das Stück Kuchen. Bächtle schüttele sich, nahm den Kuchen und das Geld und verließ das Café. Die Trennung von Luisa lag bereits mehr als zehn Jahre zurück, aber dann und wann überkam Bächtle noch immer ein Gefühl von Wehmut. Sie hatten beide entschieden, dass es mit ihnen beiden nicht weitergehen würde. Nachdem die Tochter die Wohnung verlassen hatte, hatten sie sich langsam voneinander entfernt. Bächtle hatte es zu Hause nicht mehr ausgehalten und sich in die Arbeit gestürzt, Luisa war abgemagert. Auch viele Gespräche hatten die beiden nicht wieder einander näher gebracht. Bächtle war eingefahren in seiner Routine und Luisa wollte weg aus Ulm, vom Nebel und der Engstirnigkeit. Nach der Trennung war sie nach Freiburg gezogen, dorthin wo Wein wuchs und die Sonne häufiger schien.

Der Kuchen versöhnte Bächtle mit seinem Schicksal. „Mögen die Ulmer auch manchmal engstirnig sein", dachte er, „backen konnten sie." Nachdem er aufgegessen hatte, öffnete er sein E-Mail-Postfach. Die Frau vom Landratsamt hatte geschrieben.

Sehr geehrter Herr Bächtle,

im Anhang finden Sie ein Foto, das die Radaranlage an der Albecker Steige vergangenen Donnerstag Abend um 20.05 aufgenommen hat.

Ich verbleibe mit freundlichen Grüßen

i.A. Häberle

Bächtle klickte auf die Datei. Er starrte auf seinen Bildschirm, wo sich langsam, von unten nach oben ein Bild aufbaute. Zuerst sah er das Kennzeichen: „K - KK", dann nach weiteren dreißig Sekunden war das komplette Bild endlich geladen. Hinter dem Steuer saß ein Mann mit dicken Tränensäcken und schwarzem Haar. Er trug einen grünen Mantel.

Von Ehrlichen und Lügnern   90

Die Kollegen in Köln verstanden ihre Arbeit. Im Morgengrauen war der Wagen in Köln Porz vorgefahren. Weißer hatte die Aufgabe abgegeben, das war Routinearbeit, wenngleich auch eine gefährliche. Da er nicht mehr so gerne mit der Waffe hantierte, hatte er zwei jüngere Kollegen gebeten, den Mann zu holen.

Die Gegend war ziemlich runtergekommen. Mehrstöckige Wohnblöcke aus den 60ern, von denen der Putz abbröckelte und kaum Bäume in den Straßen. „Hier ist es", sagte einer Männer im Wagen. „Na, dann wollen wir mal", sagte der andere.

Lafarge träumte. Er saß in einem Spielkasino und hatte an einem einarmigen Banditen gewonnen. Der hörte gar nicht mehr auf, Münzen zu spucken. Um ihn hatte sich bereits eine Traube anderer Kasinogäste gebildet, die gebannt zuschauten. Doch in das Klimpern der Münzen mischte sich ein nervtötendes anderes Geräusch, das Lafarge zunächst in seinen Traum einbauen konnte, doch es nahm langsam überhand. Er erwachte und hörte es nun ganz deutlich. Das war die Klingel! Welcher Idiot wollte um diese Uhrzeit was von ihm? Genervt stapfte er zur Tür und nahm die Gegensprechanlage ab. „Waaaaas ist?", blökte er hinein. „Polizei. Bitte öffnen Sie die Tür! Wir haben einen Haftbefehl."

Mit einem Schlag war Lafarge hellwach. Er hatte es geahnt. Seit dem Tag, an dem er die Alte die Stufen hinuntergestoßen hatte, hatte er sich vor diesem Moment gefürchtet. Aber was hatten sie denn gegen ihn in der Hand? Die sollten erstmal irgendwas nachweisen können. Doch in dieses Gefühl mischte sich Angst. Was, wenn sie doch etwas hätten? Wenn er ins Gefängnis müsste. Was würde dann aus ihm?

„Öffnen Sie!" Der gereizte Ruf des Polizisten ließ ihn aufschrecken. „Ja", sagte er kraftlos.

20 Minuten später saß Lafarge auf der Rückbank des Polizeiwagens. Neben ihm eine Tasche mit Wäsche und einigen persönlichen Unterlagen. Er, Lafarge, würde nun wirklich einwandern. Wie konnte es soweit kommen? Was hatte er nur getan? Ruhig steuerte der Wagen zum Gefängnis in Richtung Köln-Klingelpütz. Die beiden Polizisten saßen schweigend in ihren Sitzen und blickten auf die Straße. Lafarge begann zu weinen.

Die 99 Zellen der Untersuchungshaftanstalt in Ulm waren nicht voll belegt, doch auch so hatte Lafarge ein beklemmendes Gefühl. Tags zuvor war er in einem Gefangenentransport nach Ulm gebracht worden. In der Nacht hatte er kaum geschlafen. Das Frühstück hatte ihm ein Wärter um

6:30 Uhr in seine Zelle gebracht. Nun lag er auf seiner Pritsche und wartete. Das musste das Schlimmste sein am Gefängnis. Die ewige Eintönigkeit, der durchgetaktete Tag, das Warten auf die nächste Mahlzeit. Einer Tag wie der andere und das Jahr um Jahr. Er zitterte. Er wünschte sich nichts sehnlicher als einen guten Schluck Brandy und eine Zigarette. Stattdessen hatte er dünnen Kaffee und zwei Scheiben Graubrot bekommen.

Er stand auf, um sein Geschäft zu verrichten. Sein Hose rutschte. Sie hatten ihm den Gürtel abgenommen, seine Uhr, sein Handy, alles. Der Wächter hatte ihm geraten, sich noch mal zu waschen, bevor ein gewisser Kommissar Bächtle ihn befragen wollte. Er hatte sich für 10 Uhr angekündigt. Seit Lafarge in Köln in Untersuchungshaft gekommen war, hatte er gegrübelt.

Es war gefühlt das erste Mal seit Jahren gewesen, dass er sich wirklich mit sich selbst auseinandersetzen musste. Für gewöhnlich hatte er seine Gedanken und Sorgen entweder mit Alkohol oder Tabletten oder beidem betäubt. Das ging jetzt nicht mehr, und er hatte neben einem unglaublichen Verlangen nach Alkohol vor allem Angst gespürt. In welche Lage hatte er sich gebracht? Und wofür?

Er blickte auf ein verkorkstes Leben, in dem er nie wirklich agiert hatte. Ständig hatte er nur reagiert, alles in sich hineingefressen und sich betäubt. Wenn er ehrlich mit sich war, war sein Leben in den letzten Jahren auf Autopilot gelaufen. Er hatte funktioniert, ja, aber hatte er sich jemals Gedanken gemacht, was später mal aus ihm werden sollte? Wieder weinte er, und er spürte, wie die Tränen warm seine Wangen hinabliefen. Was, wenn er wirklich einmal in seinem Leben die Verantwortung für sich und sein Handeln übernehmen würde? Er stand von seiner Pritsche auf und ging in seiner Zelle auf und ab. Es waren kaum drei Meter vom vergitterten Fenster zur Stahltür.

Lafarge schreckte auf, als er Schritte auf dem Gang hörte. Das musste er sein. Als die Tür aufging, sah er einen Mann um die 50, mit einer Halbglatze und einem beträchtlichen Bauch. Er blickte gleichgültig drein. „Guten Morgen, Herr Lafarge", sagte er, „ich bin Joseph Bächtle von der Kriminalpolizei Ulm".
„Guten Tag", entgegnete Lafarge, der merkte, wie schwach seine Stimme klang.

Lafarge setzte sich auf, Bächtle nahm ihm gegenüber auf einem kleinen Schemel Platz, den ihm der Wärter hingestellt hatte, der jetzt die Tür schloss. Lafarge wartete, doch Bächtle sagte zunächst nichts und sah sein Gegenüber einfach nur an. Schließlich sagte er: „Sieht nicht gut aus für Sie." Lafarge versuchte zu schlucken, doch sein Mund war trocken.

„Es gibt zwei Wege, wie wir das hier machen können", sagte Bächtle. Lafarge wartete. „Wir haben Beweise dafür, dass Sie zum Tatzeitpunkt nicht im Raubvogel waren und einen Zeugen, der Sie am Tatort gesehen hat. Es wird ihm ein Leichtes sein, Sie zu identifizieren." Das war gelogen, aber Bächtle erlaubte sich eine kleine Abweichung vom Protokoll. Er machte eine Pause und blickte zum vergitterten Fenster.

„Einen Zeugen für was?", fragte Lafarge.
„Ach, Herr Lafarge. Sie sind nicht besonders gut darin zu lügen. Sehen Sie, ich kann verstehen, dass Sie sich nicht mehr anders zu helfen wussten. Wir wissen, dass Sie in der Patsche stecken, dass Sie Geldsorgen haben und wie wichtig der Auftrag für die Maatmann Project CE war. Das ist ein gewichtiges Motiv, Frau Grunwald aus dem Weg zu räumen, um an ihr Grundstück zu gelangen." Lafarge sackte in sich zusammen.

„Also", hob Bächtle wieder an, „Sie können jetzt reinen Tisch machen und so ein paar Jährchen rausschlagen – oder Sie schweigen und die Beweise werden für sich sprechen. Aus zehn Jahren werden ruckzuck fünfzehn." Noch immer war Lafarge unfähig zu sprechen. Was sagte der Kommissar da? Es gab einen Zeugen? Und woher konnte er wissen, dass er nicht im Raubvogel gewesen war? Hatten ihn etwa Riedle oder Maatmann ans Messer geliefert?

Bächtle saß einfach nur da und wartete. Er wusste, dass er ihn schon fast so weit hatte. Der Typ war mürbe wie ein Plätzchenteig. „Ein total armes Würstchen war der, aber mei", dachte sich Bächtle, „ein Mörder ist er dennoch". Die Frage war nur, ob ihn jemand dazu gezwungen hatte, oder ob er aus eigenem Antrieb getötet hatte. Warum hätten ihn sonst Maatmann und Riedle gedeckt?

„Also?", fragte Bächtle und blickte Lafarge an, der feuchte Augen hatte. In Lafarge begann es zu arbeiten. Er hatte mit einem Mal ein ähnliches Gefühl wie damals im Raubvogel, bevor er losgefahren war, um die Grunwald zu beseitigen. Es war ein schönes Gefühl, ein Gefühl von Wahrheit und Erhabenheit. Er steckte mittlerweile so tief drin, es gab keine andere Möglichkeit und er hatte auch keine Kraft mehr. Er lächelte. Ja, er würde wenigstens den Rest seines Lebens aufrecht verbringen, er würde sich stellen, er hatte genug davon, sich zu verstecken – vor sich selbst und den anderen. Erst seufzte er, dann nickte er.

Bächtle zog ein Aufnahmegerät aus seiner Jackentasche. „Erzählen Sie." Und Lafarge fing an zu sprechen. Er redete sich in einen regelrechten Rausch. Mit jedem Wort, das aus seinem Mund kam, schien die Last in ihm kleiner zu werden. Er fing an mit seinen Sorgen, seiner Sucht und den Problemen der Project CE. Er schilderte seine Reise nach Ulm, wie er bei Grunwald eingebrochen, und von seinem fixen Plan mit dem Testament. Eine halbe Stunde lang sprach er. Bächtle, der sehr geduldig sein konnte, saß einfach nur da und beobachtete die Katharsis seines Gegenüber.

Es war immer wieder erstaunlich, was ein Geständnis auslösen konnte; welche Last es von den Verdächtigen nahm. Es gab wenige, die so hart waren, dass sie mit ihrer Schuld einen Menschen getötet zu haben ewig leben konnten. Irgendwie schien in vielen Menschen doch ein Wunsch nach Vergebung und Sühne vorhanden zu sein.

Hier saß ihm ein Mensch gegenüber, der sich selbst so in eine Ecke gedrängt hatte, der die Kontrolle über sein Leben an die Sucht abgegeben hatte. Eine arme Wurst. Als Lafarge geendet hatte, sagte Bächtle: „Was war mit Maatmann? Hat er Sie beauftragt, sie umzubringen?" Lafarge schüttelte den Kopf. „Nein, aber er hat mir einen Heidenschreck eingejagt mit seiner Ankündigung, vom Projekt zurückzutreten. Vielleicht wusste er von meiner Verzweiflung und hat sie ausgenutzt, aber es gab keinen Befehl, sie zu töten. Sowas hätte ich auch nicht ausgeführt", sagte Lafarge.

„Gut. Sie waren sehr mutig. Es kostet mehr Kraft, zu seinen Taten zu stehen und Verantwortung dafür zu übernehmen, als zu hoffen, dass alles einfach so vorbei geht. Ich bin sicher, dass der Richter das ähnlich sehen wird."

Lafarge zuckte mit den Achseln. „Ja, vielleicht. Es wäre schön, noch ein paar Jahre in Freiheit zu verbringen."

Bächtle erhob sich und klopfte an die Tür. Der Wächter öffnete ihm. Bächtle drehte sich noch mal um und sah Lafarge an. „Wir sehen uns."

98

Rita Meßmer war wie für gewöhnlich früh aufgestanden. Sie hatte im Morgenmantel den Südanzeiger aus dem Briefkasten geholt, war in die Küche gegangen, hatte sich ein Müsli zubereitet und Tee gekocht. Seit Monaten dachte sie darüber nach, die Zeitung abzubestellen. Sie ärgerte sich häufiger darüber, als dass sie mit der Berichterstattung zufrieden war. Vor allem der Lokalchef brachte sie regelmäßig in Rage mit seinen Lobliedern auf die Stadtspitze.

Sie blickte auf die Uhr. 7:30 Uhr. In zwei Stunden würde der Prozess gegen Lafarge beginnen. Sie war sehr sicher, dass der Halunke hinter dem Tod von Silke Grunwald steckte. Sie würde auf jeden Fall hingehen.

In einer anderen Wohnung einige Kilometer entfernt, schälte sich Mike Lenders aus seinem Bett und reckte sich. Heute ist der Prozessauftakt, dachte er sich. Er hatte sich extra frei genommen. Zu groß war sein Interesse an diesem obskuren Todesfall seiner Patientin. Für Anlässe wie diesen hatte er ein ausgebeultes Sacko und eine saubere Jeans. Für gewöhnlich zog er Chino-Hosen mit vielen Taschen vor.

Auch Raumann war für Journalistenverhältnisse früh auf den Beinen. Er hatte natürlich mitbekommen, dass Lafarge von Köln nach Ulm verlegt worden war. Doch dieses Mal war aus seinem Informanten nicht viel herauszubekommen gewesen. Er war gespannt – immerhin hatte er als einziger mit einem Zeugen gesprochen, den er decken wollte. Falls Lafarge freigesprochen würde, könnte er Küppers Geschichte noch mal aufwärmen und hätte tagelang Dinge, über die er berichten könnte. Würde das Gericht Lafarge schuldig sprechen – auch gut. Er verließ seine Wohnung in der Innenstadt, machte einen kurzen Abstecher in die Redaktion, wo alle trübsinnig in ihre Monitore stierten, griff sich einen Notizblock und machte sich auf den Weg zum Justizgebäude. Er fragte sich, warum die Stadt nur die zwei Löwen am Eingang sandgestrahlt hatte, während der Rest des Gebäudes weiterhin von einem Schmutzfilm überzogen war.

Wie erwartet, gab es großes Interesse am Prozessauftakt. Raumann hörte das Murmeln vor dem Gerichtssaal im ersten Stock schon, als er die Treppen erklomm.

Eine Menschentraube stand dort vor der Tür. Raumann sah auch den Baubürgermeister Riedle, der von einem Bein auf das andere tippelte. Etwas abseits der Menschentraube saß ein Mann im Anzug mit einem kantigen Gesicht und gleichgültiger Miene.

100

Ein Gerichtsdiener öffnete die Tür des Saals und Raumann setzte sich wie immer auf einen der Stühle in der ersten Reihe, die ein hochklappbares Pult hatten; die Journalistenplätze. Zu seiner Linken konnte er Lafarge sehen, der einen seltsam abwesenden und zugleich seligen Blick hatte, ohne Verteidiger, was Raumann wunderte. Zu seiner Rechten saß der Staatsanwalt in seiner Robe. Um Punkt 10 Uhr öffnete sich die Tür hinter der Richterbank. Wie in der Ankündigung vermerkt, würde Günther Kleinlein den Prozess leiten. Ein kleiner Mann mit scharfem Blick und randloser Brille. Er galt als unnachgiebig und streng, konnte aber eine ungewöhnliche Güte an den Tag legen, wenn er echte Reue erkannte.

Rita Meßmer saß einige Reihen hinter Raumann. Gebannt lauschte sie der Anklageverlesung. Der Staatsanwalt listete minutiös auf, wie sich Lafarge aus niederen Beweggründen (Geldsorgen, Angst um den Job) heimlich an die arglose Grunwald herangepirscht und sie dann in den Tod gestoßen habe. So habe er erreichen wollen, dass das Grundstück an den SSV ginge, in der Hoffnung, dass dieser es dann der Stadt vermache, die dann wiederum bauen könne. Für Meßmer klang das alles nur viel zu plausibel. Doch wirkliche Beweise schien die Staatsanwaltschaft auch nicht zu haben. Gut, es gab die Fotos, die bewiesen, dass Lafarge zum Tatzeitpunkt nicht im Raubvogel gewesen war, aber Augenzeugen oder gar Fingerabdrücke hatte die Staatsanwaltschaft nicht zu bieten.

Mike Lenders war überrascht. So verworren sollte der Tod der alten Grunwald sein? Er war sich sicher, dass die alte Dame sich vertreten hatte und in den Tod gestürzt war. Aber gut, auch wenn Ulm ein Nest war, so war es doch immer wieder überraschend, mit welcher Chuzpe Geschäftsleute und die Politkaste hier schalteten und walteten.

Nach der Anklageschrift wandte Richter Kleinlein seinen Blick nach rechts. „Herr Lafarge, wie ich sehe, sind Sie ohne Beistand hier erschienen. Im Anbetracht dessen, was für Sie auf dem Spiel steht, durchaus mutig. Sie scheinen sich Ihrer Sache sehr sicher zu sein."
„Das bin ich."
Es war, als hielte der ganze Raum den Atem an. Was würde als nächstes kommen?
„Dann erzählen Sie doch mal."
Und Lafarge erzählte. Im Großen und Ganzen war es die Geschichte, die er Bächtle erzählt hatte. Es war die Geschichte eines Mannes, der die Kontrolle über sein Leben verloren hatte; vermutlich kein schlechter Kerl, aber doch seltsam hilflos und seinem Schicksal ergeben. Doch jetzt sprach Lafarge

mit fester Stimme. Es war, als würde der gesamte Saal an seiner Lippe hängen. Was Lafarge hier abzog, war nichts anderes als eine Beichte. Hier gestand jemand einen Mord. Da wollte sich keiner billig rauswinden oder die Schuld beiseite schieben. Dieser Mann hatte Unrecht getan. Erst der Tod eines anderen, unschuldigen Menschen schien in ihm etwas ausgelöst zu haben.

Knapp eine halbe Stunde sprach er so. Schließlich endete er, blickte einmal kurz und schüchtern ins Publikum. Dann richtete er seinen Blick wieder vor sich auf den Tisch.

„Und welche Rolle haben die Herren Riedle und Maatmann in dieser Geschichte?", wollte Kleinlein wissen.

„Sie haben mir nie befohlen, irgendetwas zu tun. Riedle hätte es ohnehin nicht gekonnt und Herr Maatmann", seine Stimme stockte, „Herr Maatmann ist unschuldig."

„Warum haben die beiden Sie dann gedeckt?", donnerte Kleinlein nun.

„Das weiß ich leider nicht. Dafür müssen Sie sie befragen."

Und so kam es. Nacheinander ließ Kleinlein Maatmann und Riedle in den Saal rufen und fragte sie, warum sie bei der Befragung gelogen hätten. Und ihre beiden Antworten klangen so, als ob sie sie vorher gemeinsam auswendig gelernt hätten.

Riedle: „Wusste nicht, wo Lafarge war.“

Maatmann: „Habe nichts gesagt, um Unruhe zu vermeiden.“

Riedle: „Mir war zu keinem Zeitpunkt bewusst, dass er der Täter hätte sein können.“

Richter: „Herr Lafarge sagt, er hätte von der Tat erzählt.“

Maatmann: „Entspricht nicht den Tatsachen.“

Während das Publikum spürte, dass Lafarge alle Karten auf den Tisch gelegt hatte, so wusste nun jeder im Saal, dass diese beiden Männer logen. Der eine (Maatmann) kühl und gerissen, der andere (Riedle) flatterhaft und stotternd.

Kleinlein machte sich hin und wieder Notizen. Schließlich bat er alle Anwesenden, den Saal zu verlassen. „Das Urteil ergeht um 15 Uhr.“ Raumann sah auf die Uhr. Das war gerade mal eine Stunde. Ein sicheres Zeichen dafür, dass Kleinlein seinen Entschluss schon gefällt hatte. Was sollte er auch groß überlegen. Ein umfassenderes Geständnis, als das von Lafarge, hatte er in seiner Zeit als Polizei- und Gerichtsreporter selten gehört. Es war lediglich fraglich, was er mit dem Baubürgermeister und dem Immobilieninvestor machen würde.

104

Als Guy Lafarge um 15 Uhr wieder auf der Anklagebank saß, spürte er eine große Ruhe in sich. Er hatte das Gefühl, endlich das Richtige getan zu haben. Sollte er eben einwandern. Endlich wäre er die Last los. Zugleich fühlte er die Schwere der Schuld. Was war nur mit ihm passiert, dass er soweit gegangen war? Er hatte das Leben einer Frau, die er nicht mal kannte, für immer ausgelöscht.

Als Richter Kleinlein den Saal durch einen separaten Eingang betrat, blickte Lafarge nur einmal kurz auf. Nun war es also soweit. Er würde sein Urteil erfahren.

Mit Augenmaß

Südanzeiger, Lokalteil, Seite 1, 17. November:

Lange Haftstrafe für Treppenaufgang-Mörder

von Jürgen Raumann

Der mit Spannung erwartete Prozess im Fall der vor kurzem ums Leben gekommenen 76-Jährigen ist nach nur einem Verhandlungstag zu Ende gegangen. Das Gericht sah es als erwiesen an, dass der Beschuldigte, ein 54-jähriger Kölner, sie am Abend des 3. November den Treppenaufgang an der Schwabstraße hinuntergestoßen hatte, um sie zu töten. Der Täter muss für zehn Jahre in Haft.

Der Tod der 76-Jährigen steht im Zusammenhang mit dem Bauprojekt Sedelhöfe. Wie der 54-Jährige angab, waren die Verhandlungen um das Projekt ins Stocken geraten, weil die 76-Jährige ihr Grundstück nicht an die Stadt verkaufen wollte. Ohne dieses Grundstück wären die Sedelhöfe in der geplanten Form nicht möglich gewesen. Sie hätten sich entweder lang verzögert oder wären gar nicht gebaut worden. Dies hätte die Firma Maatmann Project CE in finanzielle Schwierigkeiten gebracht. Da den 54-Jährigen schwere Geldsorgen plagten und er auf das Gehalt angewiesen war, sah er keine andere Möglichkeit, als die Frau aus dem Weg zu räumen. Vor Gericht gab sich der Mann reumütig. „Ich bereue zutiefst, was ich getan habe. Ich habe das Leben einer unschuldigen Frau beendet. Dafür gibt es keine Entschuldigung – weder meine Spielsucht noch das Alkoholproblem. Ich möchte die gerechte Strafe für diese Tat empfangen."

Die ebenfalls ins Projekt Involvierten, der Baubürgermeister Gerd Riedle und der Investor Rob Maatmann, sollen die Tat des 54-Jährigen gedeckt haben. Wie die Ermittlungen der Ulmer Kriminalpolizei ergaben, wussten die beiden zumindest, dass der Mann zum Tatzeitpunkt nicht wie von ihnen angegeben an einem Arbeitsessen teilgenommen hatte. Sie seien jedoch nicht die Anstifter gewesen, wie der 54-Jährige selbst sagte. Das Gericht belegte beide mit Bewährungsstrafen von je zwei Jahren.

Die Fraktion der Grünen und Meinhard Weiker von der Linken forderten, dass der Baubürgermeister seinen Posten räumt. „Ein solcher Mann ist an der Stadtspitze nicht tragbar", hieß es bei den Grünen hinter vorgehaltener Hand.

Wie es mit Bauprojekt nun weitergeht, ist ungewiss. Das Büro des Bürgermeisters ließ verlauten, man werde den Sachverhalt mit der gebotenen Sorgfalt analysieren und dann eine Entscheidung mit Augenmaß treffen.

Letzte Dinge

Joseph Bächtle erwachte nach einem tiefen Schlaf. Er fühlte sich frisch und erholt. Als er den Vorhang zur Seite zog, sah er die Sonnenstrahlen auf den Baum vor seinem Fenster scheinen. Zarte Blättchen hingen an den Ästen. Es war endlich Frühling geworden. Der Prozess gegen Lafarge lag einige Wochen zurück. Im Neuen Bau hatte es viel Schulterklopfen gegeben – auch von den Oberen, was ihn wunderte, schließlich war deren Nähe zum Rathaus allgemein bekannt. Bächtle hatte heute frei und er freute sich auf einen Besuch bei der Metzgerei Prunk am Nachmittag.

Nach dem Frühstück zog er sich einen Mantel an und verließ seine Wohnung. Er ließ sich durch die Stadt treiben und kam bald am Bahnhof an. Sein Blick fiel auf das Gelände der Sedelhöfe. Das Haus der Grunwald stand nicht mehr. Stattdessen sah er jetzt mehrere Männer in Anzügen mit einem Spaten, sowie einen Fotografen vom Südanzeiger. Er näherte sich und erkannte in der kleinen Menschentraube auch Polizeireporter Raumann. Ihre Blicke trafen sich. Sie nickten einander zu. Bächtle trat einige Schritte näher heran und Raumann kam ihm entgegen.
„Gaht's los?", fragte Bächtle.
Raumann nickte. „Spatenstich."
„Dann hennt sie des Grundstück ja schnell bekomma."

„Ja. Der SSV hat das Grundstück der Stadt vermacht. Im Gegenzug erneuert die Stadt die Straße zum Stadion und baut neue Parkplätze."

„Isch's zu fassa?"

Raumann zuckte mit den Schultern. „Das ist Ulm, Sie wissen, wie die Dinge hier laufen."

„Und wer baut den Konsumtempel etzat?"

„Die Maatmann Project CE."

Bächtle ließ seinen Blick zu der Gruppe der Männer im Anzug schweifen. Riedle sah er dort nicht. „Und dr Riedle?"

„Dem haben sie den Laufpass gegeben."

Bächle grunzte. „Aber 's Rädle dreht sich trotzdem weider."

„So ist es."

„Was isch des bloß für a Stadt?"

Keiner wusste, was er noch sagen sollte. Einen Moment standen beide Männer da, dann nickte Bächtle Raumann zu, wandte sich ab und bog in die Bahnhofstraße ein. Beim Atmen spürte er die Feuchtigkeit in der Luft. Er blickte zum Münster und sah, wie sich ein Schleier um die Spitze des Turms legte. Nebel würde aufziehen.